AF317198

# ALPHABET

## CONSTITUTIONNEL,

*RÉDIGÉ à la portée des Enfans, de l'un & de l'autre Sexe, pour leur apprendre à lire en peu de temps, & les élever dans les principes de la Nouvelle Constitution.*

POUR DIEU, ET LA PATRIE.

A PARIS.

Chez CHARBONNIER, Libraire, rue Saint-Barthelemi du Palais, à la descente du Pont-au-Change.

L'AN premier de la RÉPUBLIQUE, & de l'ÉGALITÉ.

1793.

# AVIS DE L'AUTEUR

## A SES CONCITOYENS.

PERSUADÉ que l'Étude des Droits de l'Homme ne contribuera pas peu à former les Enfans de la Patrie, j'ai cru devoir rédiger ce petit Ouvrage à leur portée ; je vous l'offre , Chers Concitoyens ; c'est à votre civisme & à vos vertus que j'en fais l'hommage. Qui peut ne pas sentir combien il est important de former promptement la Jeunesse aux devoirs qu'elle a à remplir envers Dieu, envers sa Patrie, ses Parens & ses Instituteurs? Quels reproches n'auroit-on pas à se faire, si elle ignoroit long-tems la soumission qu'elle doit nécessairement à la Loi, & l'attachement inviolable à ses Législateurs ? Combien ne voyons-nous pas d'Enfans qui , à l'âge de 12 & de 13 ans prononcent, sans comprendre , ces mots *Loi* , *Nation* &c. ; ils en trouveront le développement avant les Droits de l'Homme, dans la seconde Partie qu'on pourra leur mettre entre les mains; à l'âge de 7 à 8 ans, selon leurs progrès plus ou moins rapides.

Il y a, dans la premiere Partie, une gradation sensible, très-avantageuse pour l'Enfant, & très-facile pour l'Instituteur.

J'ai, 1°., divisé les Syllabes ainsi: *Lé-gis - la - teurs*; après quelques progrès sensibles, l'Enfant trouve *Lé gis la teurs*; enfin, *Lé gis la teurs* & *Constitution*. Lors donc qu'il en est à ce degré, il peut avoir la seconde Partie.

On me demandera peut-être pourquoi les Droits de l'Homme se trouvent dans la seconde Partie; la raison se présente d'elle-même : afin que l'Enfant les apprenne dans un âge susceptible de mémoire.

On parvient aisément à la connoissance de plusieurs Langues, dans un court espace de tems; mais en est-il ainsi lorsqu'il s'agit de former un vrai Citoyen? Puissions-nous, Peres & Instituteurs, voir, dans quelques années, ces chers Enfans, l'unique espé-rance de la Patrie, ne parler & n'agir qu'au nom de la Loi! Puissent-ils répondre à mes vues & à mon parfait dévouement pour le bien public.

*N. B.* Comme je ne me propose que l'u-
tilité du plus grand nombre, j'ai réuni plusieurs morceaux des meilleurs Auteurs pour
la facilité des Parens , ils sont très-propres
à développer l'imagination de la Jeunesse,
& à lui inspirer les sentimens d'un vrai
chrétien & d'un bon citoyen.

# DIVISION DE L'OUVRAGE.

## PREMIERE PARTIE.

*Alphabet &c., divisée.*
*Prieres : No-tre Pe-re &c. ; Avis avant &*
*après.*
*Avis sur la Religion.*
*Idée préliminaire des Droits de l'Homme.*
*Les Droits de l'Homme.*
*Maximes, divisées ainsi : Li ber té.*
*Prieres pour nos Législateurs & Supérieurs*
*Spirituels.*
*Le Loup & l'Agneau,* Syllables rapprochées,
*Mercure & le Bûcheron.*
*Le Laboureur & ses Enfans,* en Mots.
*Réflexions pour servir d'explication après*
*chaque Fable.*
*Actes de Dévotion, les Mois, les Saisons,*
*les Jours &c.*

## SECONDE PARTIE.

Par Demande & par Réponse.

*Des Accens. Des Lettres. Des dif-*
*férens E : e, é, è, ê. Observations. De*
*la Ponctuation. Des Signes. De l'Article.*
*Des 8 Parties du Discours. Développe-*
*ment des mots : Liberté, Égalité, Nation,*
*Propriété &c. Les Droits de l'Homme.*
*Réflexions en forme d'Instruction. Sur les*
*avantages de la Science. Sur l'amour de*
*la Patrie. Le Vieillard mendiant. Mor-*
*ceaux de Poésie sacrée. Sur la Confession.*
*Sur la Communion.*

# ALPHABET
# CONSTITUTIONNEL.

*Lettres courantes Romaines.*

a, b, c, d, e, é, è, ê, f, g, h, i, j,
k, l, m, n, o, p, q, r, s, ſ, t, u,
v, x, y, z, &, et, æ, œ.

*Lettres capitales Romaines.*

A, B, C, D, E, F, G, H, I, J,
K, L, M, N, O, P, Q, R, S, T,
V, U, X, Y, Z.

*Lettres Italiques courantes.*

a, b, c, d, e, é, è, é, f, g, h, i, j,
k, l, m, n, o, p, q, r, s, ſ, t, u,
v, x, y, z, &, et, æ, œ.

*Lettres capitales Italiques.*

*A , B , C , D , E , F , G , H , I , J ,
K , L , M , N , O , P , Q , R , S , T ,
V , U , X , Y , Z.*

---

Nous appellerons (*j*) ge , & (*v*)
ve ; (l'*y*) n'aura que le son de l'*i* simple.

---

Les lettres suivantes ne forment au-
cun son , si elles ne sont jointes avec
des voyelles.

b , c , d , f , g , h , j , k , l , m , n ,
p , q , r , s , t , v , x , z.

Les lettres suivantes se trouvent
liées ensemble dans le discours.

ct , & , ff , ff , fl , ffl , ft , fi , fi , ffi , ffi )
æ , œ.

*Lettres doubles qui n'en font qu'une.*
*ea* fait *a* , *œ* fait *e* , *ph* fait *f* , *th* fait *t.*

---

*Syllabes de deux lettres.*

| | | | | | | | |
|---|---|---|---|---|---|---|---|
| Ba | be | bé | bè | bê | bi | bo | bu. |
| Ca | ce | cé | cè | cê | ci | co | cu. |
| Da | de | dé | dè | dê | di | do | du. |

Fa

| | | | | | | | |
|---|---|---|---|---|---|---|---|
| Fa | fe | fé | fè | fê | fi | fo | fu. |
| Ga | ge | gé | gè | gê | gi | go | gu. |
| Ha | he | hé | hè | hê | hi | ho | hu. |
| Ja | je | jé | jè | jê | ji | jo | ju. |
| La | le | lé | lè | lê | li | lo | lu. |
| Ma | me | mé | mè | mê | mi | mo | mu. |
| Na | ne | né | nè | nê | ni | no | nu. |
| Qua | que | qué | què | quê | qui | quo | quu |
| Pa | pe | pé | pè | pê | pi | po | pu. |
| Ra | re | ré | rè | rê | ri | ro | ru. |
| Sa | se | sé | sè | sê | si | so | su. |
| Ta | te | té | tè | tê | ti | to | tu. |
| Va | ve | vé | vè | vê | vi | vo | vu. |
| Xa | xe | xé | xè | xê | xi | xo | xu. |
| Za | ze | zé | zè | zê | zi | zo | zu. |

---

## *Syllabes de trois lettres.*

| | | | | | | | |
|---|---|---|---|---|---|---|---|
| Bla | ble | blé | blè | blê | bli | blo | blu. |
| Bra | bre | bré | brè | brê | bri | bro | bru. |
| Cha | che | ché | chè | chê | chi | cho | chu. |
| Cla | cle | clé | clè | clê | cli | clo | clu. |
| Cra | cre | cré | crè | crê | cri | cro | cru. |
| Dra | dre | dré | drè | drê | dri | dro | dru. |
| Fla | fle | flé | flè | flê | fli | flo | flu. |
| Fra | fre | fré | frè | frê | fri | fro | fru. |
| Gla | gle | glé | glè | glê | gli | glo | glu. |
| Gna | gne | gné | gnè | gnê | gni | gno | gnu. |

B

Gra gre gré grè grê gri gro gru.
Gua gue gué guè guê gui guo guu.
Mra mre mré mrè mrê mri mro mru.
Nra nre nré nrè nrê nri nro nru.
Pha phe phé phè phê phi pho phu.
Pla ple plé plè plê pli plo plu.
Pra pre pré prè prê pri pro pru.
Qua que qué què quê qui quo quu.
Rla rle rlé rlè rlê rli rlo rlu.
Spa spe spé spè spê spi spo spu.
Sra sre sré srè srê sri sro sru.
Sta ste sté stè stê sti sto stu.
Tla tle tlé tlè tlê tli tlo tlu.
Tra tre tré trè trê tri tro tru.
Vla vle vlé vlè vlê vli vlo vlu.
Vra vre vré vrè vrê vri vro vru.

---

## Syllabes de quatre lettres.

| | | | | |
|---|---|---|---|---|
| Baïl | Beïl | bien | bons | burs. |
| Cais | cens | cinq | cors | crus. |
| Clas | cles | clis | clos | clus. |
| Dard | dens | dins | dons | durs. |
| Fard | fers | fins | fort | furt. |
| Gras | grec | gris | gros | grue. |
| Hart | hers | hire | hors | hurs. |
| Jary | jean | j'ins | j'obs | just. |
| Lain | lent | lien | lons | lues. |

| | | | | |
|---|---|---|---|---|
| Mars | mers | mirs | mort | murs. |
| Nain | nerf | nire | noirs | nuds. |
| Pais | pens | pont | pins | puls. |
| Quais | quest | quirs | quors | qu'uns. |
| Rats | rets | rits | rots | rluts. |
| Saint | seins | siens | sions | sthes. |
| Vrais | vent | vins | vions | vues. |

---

## *Voyelles composées.*

ea, ei, ou, oi, au, eau, aux, eu, en, ou.

*Mangea, priai, loi, château, seigneur, genou, vœu.*

---

## *Voyelles nazales.*

an, eau, aen, cin, cinq, ou, eon, un, um, &c.

*Plan, Jean, main, seing, son, plongeon, un, humble.*

*D.* Que faut-il fai-re pour com-po-ser un mot?

*R.* Il faut des syl-la-bes.

*D.* Qu'est-ce-qu'u-ne syl-la-be?

*R.* C'est un a-mas de let-tres qui for-ment un son.

B 2

Un bon Chré-ti-en ne doit pas ou-bli-er de fai-re cet-te pri-e-re à Di-eu tous les jours, pour en ob-te-nir le par-don de ses fau-tes, & tous les se-cours dont il a besoin.

## L'Oraison Dominicale.

NO-tre Pe-re qui ê-tes dans les Ci-eux, que vo-tre Nom soit sanc-ti-fi-é.

2. Que vo-tre re-gne ar-ri-ve.

3. Que vo-tre vo-lon-té soit fai-te en la ter-re com-me au Ci-el.

4. Don-nez-nous au-jour-d'hui no-tre pain quo-ti-di-en.

5. Par-don-nez-nous nos of-fen-ses com-me nous les par-don-nons à ceux qui nous ont of-fen-sé.

6. Ne nous lais-sez point suc-com-ber à la ten-ta-ti-on.

7. Mais dé-li-vrez-nous du mal. Ain-si soit-il.

## Salutation Angélique.

La-pro-tec-ti-on-de-la-Sain-te-Vi-er-ge est un puis-sant se-cours dans les ad-ver-si-tés de la vi-e, pri-ez cet-te Me-re de Di-eu de vous l'ac-cor-der.

JE vous sa-lue Ma-rie plei-ne de gra-ce ; le Sei-gneur est a-vec vous ; vous ê-tes bé-nie en-tre tou-tes les fem-mes, Je-sus le fruit de vos en-trail-les est bé-ni. Sain-te Ma-ri-e, Me-re de Di-eu , pri-ez pour nous, pau-vres pé-cheurs, main-te-nant & à l'heu-re de no-tre mort. Ain-si soit-il.

A-do-rez des Mys-te-res su-pé-ri-eurs à la rai-son hu-mai-ne. Fai-tes-vous un mé-ri-te & u-ne gloi-re de vous sou-met-tre à une foi pu-re & sim-ple.

*Profession de Foi.*

JE crois en Di-eu le Pe-re Tout-Puis-sant, Cré-a-teur du Ci-el & de la ter-re.

2. Et en Je-sus - Christ son Fils u-ni-que no-tre Sei-gneur.

3. Qui a é-té con-çu du Saint-Es-prit & né de la Vi-er-ge Ma-ri-e.

4. Qui a souf-fert sous Pon-ce-Pi-

la-te, a é-té cru-ci-fi-é, est mort &
a é-té en-se-ve-li.

5. Est des-cen-du aux en-fers le
troi-si-e-me jour, est res-sus-ci-té
des morts.

6. Est-mon-té aux Ci-eux, est as-
sis à la droi-te de Di-eu le Pe-re
Tout-Puis-sant.

7. D'où il vien-dra ju-ger les vi-
vants & les morts.

8. Je crois au Saint-Esprit.

9. La Sain-te E-gli-se Ca-tho-li-
que, la Com-mu-ni-on des Saints.

10. La ré-mis-si-on des pé-chés.

11. La ré-sur-rec-ti-on de la chair.

12. La vie é-ter-nel-le. Ain-si-
soit-il.

---

Mon pe-tit a-mi, nos pre-mi-ers-
pe-res ont pé-ché ; nous por-tons
tous leurs fau-tes, ne rou-gis-sons
pas de les con-fes-ser à Di-eu, mais
rou-gis-sons plu-tôt de l'of-fen-ser
si sou-vent.

### Confession des péchés.

JE me con-fes-se à Di-eu Tout-
Puis-sant, à la bien-heu-reu-se
Ma-ri-e tou-jours Vi-er-ge, à Saint-

Michel Ar-chan-ge , à Saint Jean-Bap-
tis-te , aux A-pô-tres Saint Pi-er-re,
Saint Paul, à tous les Saints , & à vous
mon Pe-re , par-ce que j'ai beau-coup
pé-ché par pen-sées , par pa-ro-les
& ac-ti-ons , par ma fau-te , par ma
fau-te , par ma très-gran-de fau-te ;
c'est pour-quoi je sup-pli-e la bien-
heu-reu-se Ma-rie tou-jours Vi-er-
ge , Saint Mi-chel Ar-chan-ge, Saint
Jean-Bap-tis-te , les A-pô-tres Saint
Pi-er-re , Saint Paul, & tous les Saints,
& vous mon Pe-re , de pri-er pour
moi le Sei-gneur no-tre Di-eu. Ain-si
soit-il.

---

## Les dix Commandemens de Dieu.

Mal-heur à ce-lui qui ne res-pec-te pas &
qui n'ob-ser-ve pas les Com-man-de-
mens de Di-eu !

UN seul Di-eu tu a-do-re-ras, &
ai-me-ras par-fai-te-ment.

2. Di-eu en vain tu ne ju-re-ras,
ni au-tre cho-se pa-reil-le-ment.

3. Les Di-man-ches tu gar-de-ras
en ser-vant Di-eu dé-vo-te-ment.

4. Tes Pe-re & Me-re ho-no-re-
ras, a-fin que tu vi-ves lon-gue-ment.

5. Ho-mi-ci-de point ne se-ras,
de fait ni volon-tai-re-ment.

6. Im-pu-di-que point ne se-ras,
de corps ni de con-sen-te-ment.

7. Les bi-ens d'au-trui tu ne pren-
dras, ni ne re-tien-dras au-cu-ne-
ment.

8. Faux témoi-gna-ge ne di-ras,
ni men-ti-ras au-cu-ne-ment.

9. La fem-me ne con-voi-te-ras
de ton pro-chain char-nel-le-ment.

10. Bi-ens d'au-trui ne dé-si-re-
ras, pour les a-voir in-jus-te-ment.

## Les six Commandemens d. l'Eglise.

Soy-ez sou-mis à la Sain-te E-gli-se no-
tre Me-re, & vous au-rez part à ses graces.

LEs Di-man-ches Mes-se en-ten-
dras, & Fê-tes de com-man-de-ment.

2. Les Fê-tes tu sanc-ti-fie-ras en
ser-vant Di-eu dé-vo-te-ment.

3. Tous tes pé-chés con-fes-se-ras
à tout le moins u-ne fois l'an.

4 Ton Cré-a-teur tu re-ce-vras,
au moins à Pâ-ques hum-ble-ment.

5 Qua-tre-tems & Vi-gi-les jeû-ne-
ras, & le Ca-rê-me en-tié-re-ment.

Ven-

9. Ven-dre-di chair ne man-ge-ras,
ni le Sa-me-di mê-me-ment.

N'ou-bli-ez pas de di-re tous les ma-tins
en vous é-veil-lant, & sou-vent dans la
jour-née.

Au Nom du Pe-re, & du Fils, &
du Saint-Es-prit. Ain-si soit-il.

Mon Di-eu, je vous don-ne mon
cœur ; pre-nez-le, s'il vous plaît, a-fin
qu'au-cu-ne cré-a-tu-re ne le puis-se
pos-sé-der que vous seul.

Vous man-que-ri-ez à vos de-voirs de Chré-
ti-en, si vous ne ré-ci-ti-ez pas la pri-e-
re sui-van-te a-vant vos re-pas.

Bé-nis-sez-nous, Sei-gneur, & tout
ce que nous al-lons pren-dre pour ré-
pa-rer nos for-ces ; ac-cor-dez-nous,
je vous en sup-pli-e, la gra-ce d'en
u-ser so-bre-ment. Au Nom du Pe-
re, & du Fils, &c.

Quel-le in-gra-ti-tu-de, mon cher en-fant,
com-met-tent ceux qui ne re-mer-ci-ent
pas un si bon Pe-re !

Nous vous ren-dons gra-ce, ô Di-eu
plein de bon-té, d'a-voir bien vou-lu
nous don - ner la nour - ri - tu - re né-
ces-sai-re à nos corps ; ac-cor-dez-

C

nous la même tous les jours ; au-
gmen-tez vo-tre gra-ce dans nos
a-mes, a-fin que nous ay-ons le bonheur de vous lou-er dans toute l'é-
ter-ni-té.

Que les a-mes de ceux qui sont
morts dans la Foi, re-po-sent en
paix par la mi-sé-ri-cor-de de Di-eu.
Ain-si soit-il.

Rap-pel-lez-vous le ma-tin à mi-di & le
soir le Mys-te-re de l'In-car-na-ti-on,
en ré-ci-tant les pa-ro-les de l'An-ge
Ga-bri-el à la Sain-te Vi-er-ge.

L'An-ge du Sei-gneur l'a an-non-
cé à Ma-ri-e.

Et elle a con-çu par l'o-pé-ra-ti-on
du Saint-Es-prit.

Je vous sa-lu-e, &c.

Voi-ci la ser-van-te du Sei-gneur,
qu'il me soit fait se-lon vo-tre pa-
ro-le.

Je vous sa-lu-e, &c.

Et le Ver-be s'est fait chair ; & il
a ha-bi-té par-mi nous.

Je vous sa-lu-e, &c.

Pri-ez pour nous, Sain-te Me-re
de Di-eu, a-fin que nous nous ren-
di-ons di-gnes des pro-mes-ses de no-
tre Sau-veur. Ain-si soit-il.

*Con seils à un pe tit en fant qui veut
vi vre en bon Chré ti en.*

E Cou tez les a vis de vo tre
Maî tre. Ai mez bien sin cé re-
ment vo tre pe re & vo tre me re ;
o bé is sez – leur sans ré sis tan ce ;
ils ne veu lent que vo tre bien dans
le che min de la ver tu ; ils ti en-
nent la pla ce de Di eu sur la ter-
re ; ho no rez – les donc , si vous
vou lez jou ir de la vi e bien heu-
reu se. Ils tra vail lent pour vous
é le ver & pour vous pro cu rer un
é tat ; ils pri ent tous les jours le
Ci el de ne pas vous a ban don ner,
& de sub ve nir à tous vos be soins
tem po rels.

Ne soy ez donc pas in grat , mon
a mi ; ce vi ce est o di eux dans un
en fant bien né ; prou vez vo tre re-
con nois san ce par u ne con dui te
hon nê te & chré ti en ne , Di eu vous
com ble ra de ses gra ces pen dant
le cours de vo tre vi e.

Vos fre res, vos ca ma ra des sont
vos é gaux , il faut les trai ter a vec
dou ceur & a mi ti é , com me vous

vou dri ez en ê tre trai té. E vi tez les que rel les a vec eux ; s'il vous ar ri ve d'en a voir, de man dez – en aus si – tôt par don à Di eu.

Vos Maî tres ont un pé ni ble far- deau à por ter ; ils sont char gés de vous ius trui re ; ap pre nez à leur ê tre sou mis & à les res pec ter ; ne mur mu rez ja mais lorsqu'ils vous con seil lent de tra vail ler ; ils de si- rent vous a van cer dans la car- ri e re des sci en ces.

N'ou bli ez pas que l'hom me est né pour le tra vail ; nos pre mi ers pa rens ont pé ché ; Di eu les a pu- ni en les con dam nant à man ger leur pain à la su eur de leur front ; nous som mes su jets aux mê mes pei nes.

----

*I dée pré li mi nai re des Droits de l'Hom me.*

LEs Grands ont op pri mé vos pa- rens ; ils leur ont fait pay er, pen dant plu si eurs an nées, des im- pôts in jus tes ; mais vous, mon cher en fant, (re mer ci ez – en le

Ciel) vous êtes né dans le plus beau siecle ; vos parens sont sortis de cet esclavage honteux.

Vous avez donc le bonheur de goûter les prémices de la liberté ; le tems l'affermira, & les avantages en seront plus grands. Appliquez-vous à bien lire les droits de l'homme & du citoyen ; épelez-les encore pendant quelque tems ; montrez beaucoup d'ardeur, & bientôt vous lirez des mots.

On vous parlera souvent de ces droits sacrés qui vous apprenent tout ce qui regarde les citoyens.

Lorsque vous serez plus grand, vos maîtres vous les feront apprendre par cœur. Peut-on commencer trop tôt à former les enfans de la patrie.

*Les droits de l'Homme et du Citoyen.*

1. Les hommes naissent & demeurent libres & égaux en droits. Les distinctions sociales ne peuvent être fondées que sur l'utilité commune.

2. Le but de toute association politique est la conservation des

droits naturels & imprescriptibles de l'homme. Ces droits sont la liberté, la propriété, la sûreté, & la résistance à l'oppression.

3. Le principe de toute souveraineté réside essentiellement dans la Nation. Nul corps, nul individu ne peut exercer d'autorité qui n'en émane expressément.

4. La liberté consiste à pouvoir faire tout ce qui ne nuit pas à autrui : ainsi l'exercice des droits naturels de chaque homme n'a de bornes, que celles qui assurent aux autres membres de la société la jouissance de ces mêmes droits. Ces bornes ne peuvent être déterminées que par la loi.

5. La loi n'a le droit de défendre que les actions nuisibles à la société. Tout ce qui n'est pas défendu par la loi ne peut être empêché, & nul ne peut être contraint à faire ce qu'elle n'ordonne pas.

6. La loi est l'expression de la volonté générale. Tous les citoyens ont droit de concourir person-

nel le ment, ou par leurs re pré sen tans, à sa for ma ti on. El le doit ê tre la même pour tous, soit qu'el le pro té ge, soit qu'el le pu nis se, tous les ci toy ens é tant é gaux à ses yeux, sont é ga le ment ad mis si bles à tou tes di gni tés, pla ces & em plois pu blics, se lon leur ca pa ci té, & sans au tre dis tinc ti on que cel le de leurs ver tus & de leurs ta lents.

7. Nul hom me ne peut ê tre ac cu sé, ar rê té ni dé te nu que dans les cas dé ter mi nés par la loi, & se lon les for mes qu'el le a pres cri tes. Ceux qui sol li ci tent, ex pé di ent, ex é cu tent ou font ex é cu ter des or dres ar bi trai res, doi vent ê tre pu nis ; mais tout ci toy en ap pel lé ou sai si en ver tu de la loi, doit o bé ir à l'ins tant ; il se rend cou pa ble par la ré sis tan ce.

8. La loi ne doit é ta blir que des pei nes stric te ment & é vi dem ment né ces sai res, & nul ne peut ê tre pu ni qu'en ver tu d'u ne loi é ta bli e & pro mul guée an té ri eu re ment au dé lit, & lé ga le ment ap pli quée.

9. Tout homme étant présumé innocent jusqu'à ce qu'il ait été déclaré coupable; s'il est jugé indispensable de l'arrêter, toute rigueur qui ne seroit pas jugée nécessaire pour s'assurer de sa personne, doit être réprimée par la loi.

10. Nul ne doit être inquiété pour ses opinions, même religieuses, pourvu que leur manifestation ne trouble pas l'ordre public.

11. La libre communication des pensées & des opinions est un des droits les plus précieux de l'homme : tout citoyen peut donc parler, écrire, imprimer librement, sauf à répondre de l'abus de cette liberté dans les cas déterminés par la loi.

12. La garantie des droits de l'homme & du citoyen nécessite une force publique : cette force est donc instituée pour l'avantage de tous, & non pour l'utilité particuliere de ceux aux quels elle est confiée.

13. Pour l'en tre tien de la for ce pu bli que , & pour les dé pen ses d'ad mi nis tra ti on, u ne con tri bu ti on com mu ne est in dis pen sa ble; el le doit ê tre é ga le ment ré par tie en tre tous les ci toy ens , en rai son de leurs fa cul tés.

14. Tous les ci toy ens ont le droit de cons ta ter par eux—mê mes, ou par leurs Re pré sen tans la né ces si té de la con tri bu ti on pu bli que, de la con sen tir li bre ment , d'en sui vre l'em ploi, & d'en dé ter mi ner la quo ti té, l'as si et te , le re cou vre ment & la du rée.

15. La so ci é té a le droit de de man der comp te à tout a gent pu blic de son ad mi nis tra ti on.

16. Tou te so ci é té dans la quel le la ga ran tie des droits n'est pas as su rée, ni la sé pa ra ti on des pou voirs dé ter mi née, n'a point de cons ti tu ti on.

17. Les pro pri é tés é tant un droit in vi o la ble & sa cré, nul ne peut en ê tre pri vé, si ce n'est lors que la né ces si té pu bli que, lé ga le ment cons ta tée, l'e xi ge é vi dem-

D

ment, & sous la con di ti on d'u ne jus te & pré a la ble in dem ni té.

---

Vous devez être en état de lire sans épeler; prenez courage, mon cher enfant; vous avez vu ce qui doit diriger vos démarches dans le cours de votre vie sociale. Vous voyez bien que ceux qui rendent la loi se sacrifient pour établir le bon ordre dans l'Etat; apprenez donc que vous leur devez le plus grand respect. Il est du devoir d'un bon chrétien de prier le Ciel pour eux, & pour que la paix regne dans la patrie; dites donc soir & matin la priere suivante avec dévotion.

O Dieu plein de bonté! qui voyez le desir que nos Législateurs ont de rendre le peuple heureux en rétablissant la paix dans le Royaume, accordez-leur, je vous en supplie, toutes les graces que vous savez leur être nécessaires pour nous élever chrétiennement, & pour le bonheur de notre patrie; daignez récompenser leurs travaux par un repos éternel. Ainsi soit-il.

Lisez la Fable suivante, & reconnoissez l'injustice criante du loup. Votre
ame est sensible, elle plaindra le sort de
l'agneau.

### *Le Loup et l'Agneau.*

LE loup & l'agneau se désaltéroient
dans le courant d'un ruisseau : le
premier fort près de sa source, l'autre
fort au-dessous. Le loup qui ne cherchoit qu'un prétexte pour mettre l'agneau en pieces, ne l'eut pas plutôt
apperçu qu'il courut à lui, & l'accusa
d'avoir troublé son eau. Comment
pourrois-je la troubler, lui dit l'agneau en tremblant ? Je bois fort audessous de l'endroit où vous buvez :
croyez que bien loin de chercher à
vous nuire, je n'en ai pas seulement
la pensée. Hier, répliqua le loup, je
vis ton pere qui animoit par ses cris
des chiens qui me poursuivoient. Il
y a plus d'un mois, répondit l'agneau,
que mon pere a senti le couteau du
boucher. C'étoit donc ta mere, poursuivit le cruel? Ma mere, répartit l'autre, mourut ces jours passés en me
mettant au monde. Morte ou non,
reprit le loup en grinçant les dents,
je sais combien tu me hais, toi & tous

les tiens, il faut que je m'en venge. Cela dit, il se lance sur l'agneau, l'étrangle & le mange.

### Mercure et le Bûcheron.

Apprenez par la Fable que vous allez voir,
que rien n'est plus louable que la vérité ;
on aime un enfant qui s'y attache.

Un bûcheron perdit sa cognée. Comme c'étoit son gagne-pain, le pauvre homme se désespéroit. Mercure, touché de ses cris, vint à lui, & lui montrant une cognée d'argent : ne seroit-ce pas là, lui dit-il, la cognée que tu viens de perdre ? Non, répondit l'homme sans hésiter. Et cette autre, reprit le Dieu en lui en faisant voir une seconde d'or? Ni celle-là, lui repartit-il. Ce sera donc celle-ci, poursuivit Mercure, en lui en découvrant une troisieme de fer. Voilà, s'écria le bûcheron, celle que je cherche, & l'unique que je vous demande. Prends-la, lui dit le Dieu ; & pour prix de ta bonne foi, emporte encore les deux autres. Cela dit, il le força à les prendre toutes trois. L'histoire en est aussi-tôt dispersée. Les autres se mirent à crier qu'ils avoient perdu leur outil ; ils prierent le Dieu de le leur faire rendre. Le Roi des Dieux ne savoit auquel être favorable. Son fils Mercure vient , & en montre une d'or à chacun de ces criards. Tous auroient craint de passer pour bêtes, s'ils n'eussent dit aussi-tôt : *C'est la mienne.* Mercure, loin de la leur donner, leur en décharge un grand coup sur la tête.

Apprenez qu'il ne faut jamais mentir pour avoir du bien. Relisez souvent cette Fable ; voyez que le premier, pour avoir préferé sa cognée de fer qui lui appartenoit en effet, à celle d'or qu'on lui montroit pour l'éprouver, n'en voulut pas d'autre que la sienne : pour récompense il en eut trois, une de fer, une d'or & une d'argent. Cet homme savoit bien que le mensonge déplaît à Dieu. D'autres qui croyoient en avoir aussi trois, firent un mensonge ; mais Mercure les punit en leur en donnant un coup sur la tête.

## Le Vigneron et ses enfans.

Il est indispensable de travailler, que nous soyons riches ou pauvres. Si nous sommes riches, le travail éloigne toutes les occasions de pécher ; si nous sommes pauvres, le travail fournit à tous nos besoins

Un vigneron se sentit proche de sa fin. Alors il appella ses enfans : Mes enfans, leur dit-il, je ne veux point mourir sans vous révéler un secret que je vous ai tenu caché jusqu'à présent pour certaines raisons. Apprenez que j'ai enfoui un trésor dans ma vigne : lorsque je ne serai plus, & que vous m'aurez rendu les derniers devoirs, ne manquez pas d'y fouiller, & vous l'y trouverez. Le bon homme mort, les enfans coururent à la vigne, & retournerent le champ de l'un à l'autre bout ; mais ils eurent beau fouiller & refouiller, ils n'y trouverent rien de ce que le pere leur avoit fait espérer. Alors ils crurent qu'il les avoit trompés ; mais ils reconnurent bientôt qu'il ne leur avoit rien dit que de véritable. Le champ ainsi retourné, devint si fecond, que la vigne leur rapporta, pendant plusieurs années, le triple de ce qu'elle avoit accoutumé de produire.

Un enfant instruit ne craint point qu'on lui dérobe le trésor qu'il a ; la science ne s'enleve pas comme les richesses : travaillez donc à en acquérir, & vous aurez le même bonheur qu'ont eu les enfans dont vous venez de lire la Fable.

Il est tems d'exercer votre mémoire ; vous
ne pouvez mieux commencer qu'en ap-
prenant par cœur les Actes qu'un bon
chrétien doit produire tous les jours. Ils
renferment tous vos devoirs.

### Acte de Foi

MON Dieu, je crois fermement
tout ce que croit & enseigne la
sainte Eglise, parce que c'est vous,
ô mon Dieu, qui l'avez dit, & que
vous êtes la vérité même.

### Acte d'Espérance.

Mon Dieu, j'ai une ferme confiance
par les mérites de Jésus-Christ, qu'en
usant bien de vos graces en cette vie,
je vous posséderai éternellement dans
l'autre.

### Acte d'Amour de Dieu.

Mon Dieu, je vous aime de tout mon
cœur, plus que toutes choses, parce
que vous êtes infiniment bon, infiniment aimable, & mon prochain comme
moi-même pour l'amour de vous.

### Acte de Contrition.

Mon Dieu, j'ai une extrême douleur de tous mes péchés, je les déteste souverainement parce qu'ils vous déplaisent ; fe fais un ferme propos de ne plus vous offenser, moyennant votre sainte grace, d'en éviter les occasions & de m'en confesser au plutôt.

---

## Division de l'Année.

*Comment se divise l'Année ?*

En Mois.

*Combien y en a-t-il ?*

Douze.

*Dites-les ?*

Janvier, Février, Mars, Avril, Mai, Juin, juillet, Août, Septembre, Octobre, Novembre, Décembre.

*Comment les divise-t-on ?*

En quatre Saisons, qu'on nomme le *Printems*, l'*Été*, l'*Automne*, l'*Hiver*.

*Comment divise-t-on les Mois ?*

En quatre Semaines.

*Comment divise-t-on les Jours ?*

En Heures.

*Combien y en a-t-il ?*

Vingt-quatre.

## *Des Noms d'Hommes, de Villes, de Rivieres, etc.*

Ecrivez les noms d'Hommes, de Provinces,

Provinces, de Royaumes par une lettre capitale. *Paris*, la *Loire*, le *District* de *Versailles*, *Pierre*.

Mon cher enfant, vous savez bien assembler vos mots ; accoutumez-vous à présent à apprendre par cœur tout ce que vous verrez dans le Livre qu'on vous donnera. Priez le Ciel de bénir vos travaux, & de donner à vos maîtres la patience nécessaire pour vous instruire.

*Fin de l'Alphabet.*

# SECONDE PARTIE.

## CHAPITRE PREMIER.

### Des Lettres, etc.

D. Combien y a-t-il de lettres ?

R. Vingt-cinq.

D. A quoi servent-elles ?

R. A former des syllabes & des mots.

D. Qu'est-ce qu'une syllabe ?

R. C'est plusieurs lettres ensemble qui font un son, *ba, ca, ga,* &c.

D. Combien y a-t-il de lettres qui forment seules un son ?

R. Six qu'on nomme voyelles, *a, e, i, o, u, y.*

E

D. Comment nomme-t-on les dix-neuf autres?

R. Consonnes, c'est-à-dire, qui sonnent avec une autre, *ba*, *fa*, &c.

D. Qu'est-ce qu'un accent?

R. C'est une petite note qui marque le ton & l'inflexion de la voix.

D. Combien y en a-t-il?

R. Trois, l'accent aigu ('), comme dans *vérité*, *éternité*; l'accent grave (`), comme *accès*, *succès*; l'accent circonflexe (ˆ), comme *Apôtre*, *côte*, *épître*, &c.

D. Lorsqu'un mot est terminé par deux *ee*, sur lequel place-t-on l'accent aigu?

R. Sur le premier, *aimée*, *priée*.

D. Ne place-t-on pas l'accent grave sur les troisiemes personnes du singulier du parfait, *il a dit*, *il a lu*?

R. Non.

D. Ne se place-t-il pas sur quelques autres mots?

R. Oui, par exemple, sur *où*, adverbe de lieu.

M. Ne se sert-on pas de l'accent circonflexe pour d'autres mots que pour ceux que vous avez cités?

R. Oui , il se met encore sur quelques voyelles longues ; *blâmer*, *flûte*.

---

## CHAPITRE II.

### *Des différens e. Observations sur quelques lettres.*

D. Combien distingue-t-on de sortes d'*e* ?

R. Trois, savoir l'*e* muet qui se fait fort peu entendre, comme dans *femme*, *homme*, &c.; l'*é* fermé qui se prononce, *liberté*, *vivacité* ; l'*è* ouvert qui se fait entendre en ouvrant la bouche, & desserrant les dents, *progrès*, *excès*, &c.

D. N'avez-vous pas quelques observations à faire à l'égard de quelques lettres ?

R. Oui, par exemple, le *c* est dur avant *a*, *o*, *u*, *calice*, *colier*, *curé* ; le *d* a la force du *t* à la fin d'un mot, *quand il viendra*, *quand il a vu*.

D. N'observez-vous rien sur le *g* & l'*r* ?

R. Le *g* est dur avant *a* ou *o*, *galop*, *gorge*, &c.; l'*r* ne se fait sentir que lorsqu'elle est suivie d'une voyelle ou d'une *h* non aspirée , *parler honnê-tement* , *parler éloquemment* , &c.

D. L'*s* & le *t* ne sont-ils pas sujets à quelque changement?

R. L'*s* entre deux voyelles perd son sifflement , & prend la place du *z* , *oisiveté* , *pesant* , &c. Le *t* dans quelques mots est dur entre deux voyelles , *pitié* , &c. ; mais il se prononce comme *s* dans *bénédiction* , *affliction* , &c.

---

## CHAPITRE III.

### *Des Signes. De la Ponctuation.*

D. Combien y a-t-il de signes ?

R. Quatre , savoir , l'apostrophe (') , la division (-) , la cédille ( , ) & le guillemet ( „ ).

D. Quand se sert-on de l'apostrophe ?

Lorsque l'article *le la* se trouve devant une voyelle ou devant une *h* non aspiré , l'*amour* , pour le *amour* , l'*honneur* , pour le *honneur* , l'*homme* pour le *homme*.

D. A quoi sert la division?

R. A se mettre à la fin d'une ligne , lorsque le mot n'est pas fini , & à séparer les mots, *grand-Pere*, *très-beau*.

D. Qu'est-ce que la cédille?

R. C'est nne petite virgule qu'on met sous le *c* pour lui donner le son de l'*s*, *façon*, *plaçons*.

D. Que désigne le guillemet?

R. Que l'histoire, ou le discours au commencement desquels on le trouve, sont d'un autre Auteur.

D. A quoi sert la virgule?

R. A marquer la division des membres d'une phrase, & on s'y arrête un peu : *malgré que les hommes soient égaux, cependant*, &c.

D. Doit-on s'arrêter plus long-tems au point & à la virgule, qu'à la virgule seule?

R. Oui, ils exigent une pause plus longue : *cependant ils doivent reconnoître des chefs*;

D. Que marquent les deux points?

R. Qu'on doit soutenir la voix, & faire encore une pause plus longue : *ils en ont ensuite reconnu l'indispensabilité*;

D. Qu'exige le point seul?

R. Un repos sensible, pour faire

voir que la phrase est finie : *la liberté rend l'homme heureux.*

D, Ne connoissez-vous pas d'autres figures dans le discours ?

R. Il y en a encore quatre, savoir, le point d'admiration qui désigne un mouvement de surprise : *ha ! holas !* le point interrogant, lorsqu'on dit : *où vas-tu ?* le tréma qui se trouve sur l'*i, ü,* & qui donne deux sons à la syllabe sur laquelle il se place : *Saül, ouï;* la parenthese qui renferme un petit nombre de paroles par lesquelles le fil du discours est interrompu, exemple, *saint Paul dit (c'est dans son épître)* &c.

---

# CHAPITRE IV.

D. Qu'est-ce que l'article ?

R. C'est un petit mot qui se place devant un nom substantif, pour en désigner le genre : *le maître, la loi; du, des, à, aux* sont aussi des articles.

D. Ne se place-t-il pas devant l'adjectif ?

R. Oui, lorsqu'on le prend substantivement : le *saint*, le *lâche*, les *justes*, les *impies* ; comme si l'on disoit, l'*homme saint*, &c.

D. Combien avons-nous de genres?

R. Deux, le masculin & le féminin : l'article *le* indique le masculin & *la* le féminin.

D. Comment peut-on connoître le plurier des deux genres ?

R. L'article *les* convient aux deux ; car on dit, *les moutons*, *les brebis*. &c.

D. Ne se fait-il pas quelques contractions entre la proposition *de* & l'article *le* ?

R. Oui, de ces deux mots on en fait *du* : *donnez-moi du pain*, & non pas, *donnez-moi de le pain*.

D. Qu'arrive-t-il au plurier entre *de* & *les* ?

R. Au lieu de dire, *j'ai acheté de les livres*, on dit *j'ai acheté des livres*.

D. Le datif singulier masculin & le Datif plurier des deux genres ne sont-ils pas sujets à la même contraction?

R. Oui, car au lieu de dire *à le pere*, *à les peres*, on dit *au pere*, *aux peres*, *aux meres*, *aux maisons*.

# CHAPITRE V.

*Des Parties du Discours en général.*

D. Combien ya-t-il de Parties dans le Discours?

R. Huit, le Nom, le Pronom, le Verbe, le Participe, la Préposition, l'Averbe, la Conjonction, l'Interjection.

*Du Nom en général.*

D. Qu'est-ce qu'un Nom?

R. C'est un mot qui détermine un objet quelconque, *table, livre, Pierre, Paris, ville.*

D. Comment connoître qu'un Mot est un Nom?

R. Lorsqu'on peut mettre devant lui l'article *le* qui désigne le masculin, ou l'article *la* qui marque le féminin, *le citoyen, la loi.*

D. Combien avons-nous de Genres?

R. Deux, qui sont désignés par les articles ci-dessus.

D. Combien y a-t-il de Nombres?

R. Deux, le Singulier qui ne s'entend que d'une seule personne ou

d'une

d'une seule chose; & le Plurier qui s'entend de plusieurs, *le jour, les jours.*

D. Ne distingue-t-on pas plusieurs sortes de Noms?

R. Oui, deux, le Substantif & l'Adjectif; le Substantif, qui sert à nommer la personne ou la chose, *loi, table, pain.*

L'Adjectif, qui sert à donner une qualité bonne ou mauvaise, *loi bonne, table large, loi juste, table étroite, l'écolier diligent, l'écolier paresseux, pain dur.*

D. Le Nom Substantif n'est-il pas propre ou commun?

R. Oui, il est propre losqu'il exprime une idée singuliere, une personne ou une chose unique, *Paris, la Seine.* Il est commun, lorsqu'il peut convenir à plusieurs personnes ou à plusieurs choses, *villes, rivieres;* ville convient à la ville de Paris, à la ville de Rome, &c.; riviere convient à la riviere de Loire, du Doubs, &c.

D. Qu'est-ce que décliner un Nom?

R. C'est mettre devant lui un article qui marque en quel cas est le Nom.

D. Combien y a-t-il de Cas?

R. Le François & les autres Langues
en ont six; mais on ne se sert pas de
tous pour décliner un Nom.

D. Pourquoi?

R. Parce que le même article sert
pour le Nominatif, l'Accusatif; le Datif a son article; le Génitif & l'Ablatif
ont le même; le Vocatif est sans article, mais on le connoît par la lettre
ó, ô Dieu.

---

# CHAPITRE VI.

## Du Pronom.

D. Qu'est-ce que le Pronom?

R. C'est un mot qui tient la place
d'un nom pour en éviter la répétition;
*Dieu est juste, il recompensera les bons,
et il punira les mauvais.*

---

# CHAPITRE VII.

## Du Verbe.

Qu'est-ce qu'un Verbe?

C'est un mot qui marque l'action
qu'on fait ou qu'on souffre, ou bien
qui ne signifie que l'état du sujet:
*j'aime mon maître, je suis aimé de mon*

*maître , mon frere dort ;* c'est ce qu'on appelle *verbe actif, passif* & *neutre.*

D. Comment peut-on distinguer ce mot des autres parties du Discours?

R. Lorsqu'on peut mettre devant lui les Pronoms personnels, & qu'on peut dire, *je peux manger, je dois travailler, etc.*

D. Combien y a-t-il de personnes?

R. Trois, au singulier, *je, tu, il* ou *elle.*

Trois au plurier, *nous, vous, ils* ou *elles.*

*Je lis, tu parles, il* ou *elle courre ; nous rions, vous marchez, ils* ou *elles mangent.*

La premiere est celle qui parle ;
La seconde est celle à qui l'on parle.
La troisieme est celle dont on parle.

D. Combien y a-t-il de Modes?

R. Quatre, l'Infinitif, l'Indicatif, l'Impératif, le Subjonctif.

D. Combien y a-t-il de tems?

R. Trois principaux, le Présent, le Parfait, le Futur.

D. Qu'est-ce-que conjuguer un Verbe?

R. C'est le diversifier dans ses tems

& dans ses personnes , *je bois, tu lis, il va , etc.*

D. Combien y a-t-il de sortes de Verbes?

R. Quatre, j'en ai déjà nommé trois; le quatrieme est le verbe réciproque , comme *se repentir ,* &c.

D. N'y en a-t-il pas qu'on appelle verbes de secours?

R. Oui, c'est le verbe *être* & *avoir*; on les nomme ainsi, parce qu'ils servent à former les verbes passifs avec un participe, *j'ai été estimé.*

## CHAPITRE VIII.

*Du Participe , de l'Adverbe , de la Préposition , de la Conjonction et de l'Interjection.*

D. Qu'est-ce qu'un participe ?

R. C'est un mot qui tient essentiellement au verbe & à l'adjectif, *aimé, lu, entendu, le livre écrit, l'enfant puni observe ,* &c.

### De l'Adverbe.

D. A quoi sert l'adverbe ?

R. A indiquer la différence qui peut

se trouver dans les actions de même nature : *l'enfant travaille bien, l'enfant travaille mal.*

### De la Préposition.

**D.** Qu'est-ce que la préposition?

**R.** C'est un mot ainsi appellé, parce qu'il dérive du latin, *ponere præ,* mettre devant.

**D.** A quoi sert-il?

**R.** A former les phrases ; sans lui elles n'auroient pas de sens, comme, *appliquons-nous à modérer nos passions, car ce qui se fait dans la passion, se fait toujours contre la raison, et donne dans la suite de grands sujets de repentir.*

# CHAPITRE IX.

### De la Conjonction.

**D.** A quoi sert la conjonction ?

**R.** A joindre les membres d'une phrase, & à en indiquer le rapport : *achetez-moi trois chevaux, & choisissez-moi les plus vigoureux.*

### De l'Interjection.

**D.** Qu'est-ce que l'Interjection?

R. C'est un mot qui exprime les dif-férens mouvemens de l'ame , comme ceux de pitié : *ah ! le pauvre enfant !* ceux de frayeur, comme *que dites - vous-là?* d'étonnement, *ah ciel ! holà !*

D. Toutes les parties du discours se déclinent-elles ?

R. Non , il n'y a que le nom ; le verbe se coujugue , & les autres se prononcent & s'écrivent toujours de même.

---

# CHAPITRE X.

## *Déclinaison des Noms.*

D. Déclinez un nom masculin.

| Singulier. | Plurier. |
|---|---|
| *Nominatif.* | *No.* |
| *Accusatif* le peuple. | *Ac.* les peuples. |
| *Génitif.* | *Gén.* |
| *Ablatif.* du peuple. | *Ab.* des peuples. |
| *Datif.* au peuple. | *Da.* aux peuples. |
| *Vocatif.* ô peuple. | *Vo.* ô peuples. |

## Nom féminin.

| Singulier. | Plurier. |
|---|---|
| *Nominatif.* | *No.* |
| *Accusatif.* la loi. | *Ac.* les loix. |

*Génitif.*                    *Gen.*
*Ablatif.* de la loi.        *Ab.* des loix.
*Datif.* à la loi           *Da.* aux loix.
*Vocatif.* ô loi.            *Vo.* ô loix.

D. Déclinez un nom propre de ville?

R. Ils n'ont point d'article devant eux, à moins qu'on ne place devant, le mot ville, *la ville de Rouen.*

D. Peut-on décliner un nom de Province ou de Royaume?

R. Oui, mais ils n'ont pas de plurier.

### *Nom de Royaume.*

*Singulier.*
*Nominatif.*
*Accusatif.*    la France.
*Génitif.*
*Ablatif.* de la France.
*Datif.*    à la France.
*Vocatif.* ô France.

### Noms de Province.

*Nominatif.*
*Accusatif.* la Touraine.
*Génitif.*
*Ablatif.* de la Touraine.

*Datif.* à la Touraine.

*Vocatif.* ô Touraine.

D. Décline-t-on les noms d'homme ?

R. Non, parce qu'ils ne reçoivent point l'article devant eux.

---

# CHAPITRE XI.

## *Conjugaison du verbe* être.

*Singulier.* Je suis, tu es, il *ou* elle est.

*Plurier.* Nous sommes, vous êtes, ils *ou* elles sont.

### *Imparfait.*

*Singulier.* J'étois, tu étois, il *ou* elle étoit.

*Plurier.* Nous étions, vous étiez, ils *ou* elles étoient.

### *Parfait indéfini.*

*Sing.* J'ai été, tu as été, il *ou* elle a été.

*Plur.* Nous avons été, vous avez été, ils *ou* elles ont été.

### *Parfait défini.*

*Sing.* Je fus, tu fus, il *ou* elle fut.

*Plur.* Nous fûmes, vous fûtes, ils *ou* elles furent.

*Parfait*

### *Parfait antérieur.*

*Sing.* J'eus été, tu eus été, il *ou* elle eût été.

*Plur.* Nous eûmes été, vous eûtes été, ils *ou* elles eurent été.

### *Plusque-parfait.*

*Sing.* J'avois été, tu avois été, il *ou* elle avoit été.

*Plur.* Nous avions été, vous aviez été, ils *ou* elles avoient été.

### *Futur simple.*

*Sing.* Je serai, tu seras, il *ou* elle sera.

*Plur.* Nous serons, vous serez, ils *ou* elles seront.

### *Futur antérieur.*

*Sing.* J'aurai été, tu auras été, il *ou* elle aura été.

*Plur.* Nous aurons été, vous aurez été, ils *ou* elles auront été.

### *Conditionnel présent.*

*Sing.* Je serois, tu serois, il *ou* elle seroit.

*Plur.* Nous serions, vous seriez, ils *ou* elles seroient.

## Conditionnel passé.

*Sing.* J'aurois été, tu aurois été, il *ou* elle auroit été.

*Plur.* Nous aurions été, vous auriez été, ils *ou* elles auroient été.

### Autrement.

*Sing.* J'eusse été, tu eusses été, il *ou* elle eût été.

*Plur.* Nous eussions été, vous eussiez été, ils *ou* elles eussent été.

## Impératif présent.

*Sing. sans premiere personne.* Qu'il, *ou* qu'elle soit.

*Plur.* Soyons, soyez, qu'ils, *ou* qu'elles soient.

## Subjonctif présent.

*Sing.* Que je sois, que tu sois, qu'il *ou* qu'elle soit.

*Plur.* Que nous soyons, que vous soyez, qu'ils *ou* qu'elles soient.

## Imparfait.

*Sing.* Que je fusse, que tu fusses, qu'il *ou* qu'elle fût.

*Plur.* Que nous fussions, que vous fussiez, qu'ils *ou* qu'elles fussent.

## Parfait.

*Sing.* Que j'aye été, que tu ayes été, qu'il *ou* qu'elle ait été.

*Plur.* Que nous ayons été, que vous ayez été, qu'ils *ou* qu'elles ayent été.

### Plusque-parfait.

*Sing.* Que j'eusse été, que tu eusses été, qu'il *ou* qu'elle eût été.

*Plur.* Que nous eussions été, que vous eussiez été, qu'ils *ou* qu'elles eussent été.

### Infinitif présent.

Etre. *Participe*, été. *Parfait*, avoir été. *Gérondif présent*, étant. *Gérondif passé*, ayant été.

---

## Du Verbe AVOIR.

### Indicatif présent.

*Sing.* J'ai, tu as, il *ou* elle a.

*Plur.* Nous avons, vous avez, ils *ou* elles ont.

### Imparfait.

*Sing.* J'avois, tu avois, il *ou* elle avoit.

*Plur.* Nous avions, vous aviez, ils *ou* elles avoient.

### Parfait défini.

*Sing.* J'eus, tu eus, il *ou* elle eût.
*Plur.* Nous eûmes, vous eûtes, ils *ou* elles eurent.

### Parfait indéfini.

*Sing.* J'ai eu, tu as eu, il *ou* elle a eu.
*Plur.* Nous avons eu, vous avez eu, ils *ou* elles ont eu.

### Parfait antérieur.

*Sing.* J'eus eu, tu eusses eu, il *ou* elle eût eu.
*Plur.* Nous eûmes eu, vous eûtes eu, ils *ou* elles eussent eu.

### Plusque-parfait.

*Sing.* J'avois eu, tu avois eu, il *ou* elle avoit eu.
*Plur.* Nous avions eu, vous aviez eu, ils *ou* elles avoient eu.

### Futur.

*Sing.* J'aurai, tu auras, il *ou* elle aura.
*Plur.* Nous aurons, vous aurez, ils *ou* elles auront.

### Futur antérieur.

*Sing.* J'aurai eu, tu auras eu, il *ou* elle aura eu.

*Plur.* Nous aurons eu , vous aurez eu, ils *ou* elles auront eu.

### Conditionnel présent.

*Sing.* J'aurois, tu aurois , il *ou* elle auroit.

*Plur.* Nous aurions, vous auriez , ils *ou* elles auroient.

### Conditionnel passé.

*Sing.* J'aurois eu , tu aurois eu, il *ou* elle auroit eu.

*Plur.* Nous aurions eu, vous auriez eu , ils *ou* elles auroient eu.

### Autrement.

*Sing.* J'eusse eu, tu eusses eu, il *ou* elle eût eu.

*Plur.* Nous eussions eu , vous eussiez eu , ils *ou* elles eussent eu.

### Impératif présent

*Sing.* Aye, qu'il *ou* qu'elle ait.

*Plur.* Ayons, ayez, qu'ils *ou* qu'elles ayent.

### Subjonctif présent.

*Sing.* Que j'aye , que tu ayes , qu'il *ou* qu'elle ait.

*Plur.* Que nous ayons , que vous ayez, qu'ils *ou* qu'elles ayent.

## *Imparfait.*

*Sing.* Que j'eusse, que tu eusses, qu'il *ou* qu'elle eût.

*Plur.* Que nous eussions, que vous eussiez, qu'ils *ou* qu'elles eussent.

## *Parfait.*

*Sing.* Que j'aye eu, que tu ayes eu, qu'il *ou* qu'elle ait eu.

*Plur.* Que nous ayons eu, que vous ayez eu, qu'ils *ou* qu'elles ayent eu.

## *Plusque-parfait.*

*Sing.* Que j'eusse eu, que tu eusses eu, qu'il *ou* qu'elle eût eu.

*Plur.* Que nous eussions eu, que vous eussiez eu, qu'ils *ou* qu'elles eussent eu.

## *Infinitif présent.*

Avoir. *Participe*, eu. *Parfait* avoir eu. *Gérondif présent*, ayant. *Gérondif passé*, ayant eu.

D. Quel autre verbe pourriez-vous former avec cet auxiliaire?

R. Plusieurs tems des verbes ordinaires & même le verbe neutre, en ajoutant après chaque personne un substantif, *j'ai peur.*

*Verbe de la premiere Conjugaison.*

D. Comment la premiere conjugaison a-t-elle l'infinitif?

R. En *er*.

D. Conjuguez.

### *Indicatif présent.*

*Sing.* Je blâme, tu blâmes, il *ou*
elle blâme.

*Plur.* Nous blâmons, vous blâmez,
ils *ou* elles blâment.

### *Imparfait.*

*Sing.* Je blâmois, tu blâmois, il *ou*
elle blâmoit.

*Plur.* Nous blâmions, vous blâmiez,
ils *ou* elles blâmoient.

### *Parfait défini.*

*Sing.* Je blâmai, tu blâmas, il *ou*
elle blâma.

*Plur.* Nous blâmâmes, vous blâmâ-
tes, ils *ou* elles blâmerent.

### *Parfait indéfini.*

*Sing.* J'ai blâmé, tu as blâmé, il *ou*
elle a blâmé.

*Plur.* Nous avons blâmé, vous avez blâmé, ils *ou* elles ont blâmé.

### Parfait antérieur.

*Sing.* J'eus blâmé : tu eus blâmé, il *ou* elle eût blâmé.

*Plur.* Nous eûmes blâmé, vous eûtes blâmé, ils *ou* elles eurent blâmé.

### Plusque-parfait.

*Sing.* J'avois blâmé, tu avois blâmé, il *ou* elle avoit blâmé.

*Plur.* Nous avions blâmé, vous aviez blumé, ils *ou* elles avoient blâmé.

### Futur simple.

*Sing.* Je blâmerai, tu blâmeras, il *ou* elle blâmera.

*Plur.* Nous blâmerons, vous blâmerez, ils *ou* elles blâmeront.

### Futur antérieur.

*Sing.* J'aurai blâmé, tu auras blâmé, il *ou* elle aura blâmé.

*Plur.* Nous aurons blâmé, vous aurez blâmé, ils *ou* elles auront blâmé.

### Conditionnel présent.

*Sing.* Je blâmerois, tu blâmerois, il *ou* elle blâmeroit.

*Plur.*

*Plur.* Nous blâmerions, vous blâmeriez, ils *ou* elles blâmeroient.

### Conditionnel passé.

*Sing.* J'aurois blâmé, tu aurois blâmé, il *ou* elle auroit blâmé.

*Plur.* Nous aurions blâmé, vous auriez blâmé, ils *ou* elles auroient blâmé.

### Autrement.

*Sing.* J'eusse blâmé, tu eusses blâmé, il *ou* elle eût blâmé.

*Plur.* Nous eussions blâmé, vous eussiez blâmé, ils *ou* elles eussent blâmé.

### Impératif présent.

### Point de premiere personne.

*Sing.* Blâme, qu'il *ou* qu'elle blâme.
*Plur.* Blâmons, blâmez, qu'ils *ou* qu'elles blâment.

### Subjonctif présent.

*Sing.* Que je blâme, que tu blâmes, qu'il *ou* qu'elle blâme.

*Sing.* Que nous blâmions, que vous blâmiez, qu'il *ou* qu'elle blâme.

*Plur.* Que nous blâmions, que vous blâmiez, qu'ils *ou* qu'elles blâment.

H

## Imparfait

*Sing.* Que je blâmasse, que tu blâmasses, qu'il *ou* qu'elle blâmât.

*Plur.* Que nous blâmassions, que vous blâmassiez, qu'ils *ou* qu'elles blâmassent.

## Parfait.

*Sing.* Que j'aye blâmé, que tu ayes blâmé, qu'il *ou* qu'elle ait blâmé.

*Plur.* Que nous ayons blâmé, que vous ayez blâmé, qu'ils *ou* qu'elles ayent blâmé.

## Plusque-Parfait.

*Sing.* Que j'eusse blâmé, que tu eusses blâmé, qu'il *ou* qu'elle eût blâmé.

*Plur.* Que nous eussions blâmé, que vous eussiez blâmé, qu'ils *ou* qu'elles eussent blâmé.

## Infinitif présent.

Blâmer. *Participe,* blâmé. *Parfait,* avoir blâmé. *Gérondif présent,* blâmant. *Gérondif passé,* ayant blâmé.

# SECONDE CONJUGAISON.

D. *Comment la seconde Conjugaison a-t-elle l'Infinitif?*

R. En *ir*.

D. *Conjuguez donc un Verbe.*

### Indicatif présent.

*Sing.* J'ensevelis, tu ensevelis, il *ou* elle ensevelit.

*Plur.* Nous ensevelissons, vous ensevelissez, ils *ou* elles ensevelissent.

### Imparfait.

*Sing.* J'ensevelissois, tu ensevelissois, il *ou* elle ensevelissoit.

*Plur.* Nous ensevelissions, vous ensevelissiez, ils *ou* elles ensevelissoient.

### Parfait défini.

*Sing.* J'ensevelis, tu ensevelis, il *ou* elle ensevelît.

*Plur.* Nous ensevelîmes, vous ensevelîtes, ils *ou* elles ensevelirent.

### Parfait indéfini.

*Sing.* J'ai enseveli, tu as enseveli, il *ou* elle a enseveli.

*Plur.* Nous avons enseveli, vous avez enseveli, ils *ou* elles ont enseveli.

## *Parfait antérieur.*

*Sing.* J'eus enseveli, tu eus enseveli, il *ou* elle eût enseveli.

*Plur.* Nous eûmes enseveli, vous eûtes enseveli, ils *ou* elles eussent enseveli.

## *Futur simple.*

*Sing.* J'ensevelirai, tu enseveliras, il *ou* elle ensevelira

*Plur.* Nous ensevelirons, vous ensevelirez, ils *ou* elles enseveliront.

## *Futur antérieur.*

*Sing.* J'aurai enseveli, tu auras enseveli, il *ou* elle aura enseveli.

*Plur.* Nous aurons enseveli, vous aurez enseveli, ils *ou* elles auront enseveli.

## *Conditionnel présent.*

*Sing.* J'ensevelirois, tu ensevelirois, il *ou* elle enseveliroit.

*Plur.* Nous ensevelirions, vous enseveliriez, ils *ou* elles enseveliroient.

## *Conditionnel passé.*

*Sing.* J'aurois enseveli, tu aurois enseveli, il *ou* elle auroit enseveli.

*Plur.* Nous aurions enseveli, vous auriez enseveli., ils *ou* elles auroient enseveli.

### Autrement.

*Sing.* J'eusse enseveli, tu eusses enseveli, il *ou* elle eût enseveli.

*Plur.* Nous eussions enseveli, vous eussiez enseveli, ils *ou* elles eussent enseveli.

### Impératif.

### Point de premiere personne

*Sing.* Ensevelis, qu'il *ou* qu'elle ensevelisse.

*Plur.* Ensevelissons, qu'ils *ou* qu'elles ensevelissent.

### Subjonctif présent.

*Sing.* Que j'ensevelisse, que tu ensevelisses, qu'il *ou* qu'elle ensevelisse.

*Plur.* Que nous ensevelissions, que vous ensevelissiez, qu'ils *ou* qu'elles ensevelissent.

### Imparfait.

*Sing.* Que j'ensevelisse, que tu ensevelisses, qu'il *ou* qu'elle ensevelît.

*Plur.* Que nous ensevelissions, que vous ensevelissiez, qu'ils *ou* qu'elles ensevelissent.

## Parfait.

*Sing.* Que j'aye enseveli, que tu ayes enseveli, qu'il *ou* qu'elle ait enseveli.

*Plur.* Que nous ayons enseveli, que vous ayez enseveli, qu'ils *ou* qu'elles ayent enseveli.

## Plusque-Parfait.

*Sing.* Que j'eusse enseveli, que tu eusses enseveli, qu'il *ou* qu'elle eût enseveli.

*Plur.* Que nous eussions enseveli, que vous eussiez enseveli, qu'ils *ou* qu'elles eussent enseveli.

## Infinitif présent

Ensevelir. *Participe,* enseveli. *Parfait,* avoir enseveli. *Gérondif présent,* ensevelissant. *Gérondif passé,* ayant enseveli.

---

# TROISIEME CONJUGAISON.

D. *Comment a-t-elle l'Infinitif?*
R. En *oir.*
D. *Conjuguez.*

## Indicatif présent.

*Sing.* Je conçois, tu conçois, il *ou* elle conçoit.

*Plur.* Nous concevons, vous concevez, ils *ou* elles conçoivent.

### Imparfait.

*Sing.* Je concevois, tu concevois,
il *ou* elle concevoit.

*Plur.* Nous concevions, vous conceviez, ils *ou* elles concevoient.

### Parfait défini.

Je conçus, tu conçus, il *ou* elle con-
çut.

*Plur.* Nous conçûmes, vous con-
çûtes, ils *ou* elles conçurent.

### Parfait indéfini.

*Sing.* J'ai conçu, tu as conçu, il *ou*
elle a conçu.

*Plur.* Nous avons conçu, vous avez
conçu, ils *ou* elles ont conçu.

### Parfait antérieur.

*Sing.* J'eus conçu, tu eus conçu,
il *ou* elle eût conçu.

*Plur.* Nous eûmes conçu, vous eûtes
conçu, ils *ou* elles eurent conçu.

### Futur simple.

*Sing.* Je concevrai, tu concevras,
il *ou* elle concevra.

*Plur.* Nous concevrons, vous concevrez, ils *ou* elles concevront.

### Conditionnel présent.

*Sing.* Je concevrois, tu concevrois, il *ou* elle concevroit.

*Plur.* Nous concevrions, vous concevriez, ils *ou* elles concevroient.

### Conditionnel passé.

*Sing.* J'aurois conçu, tu aurois conçu, il *ou* elle auroit conçu.

*Plur.* Nous aurions conçu, vous auriez conçu, ils *ou* elles auroient conçu.

### Impératif.

### Sans premiere personne.
Conçois.

Qu'il *ou* qu'elle conçoive.

Concevons, concevez, qu'ils *ou* qu'elles conçoivent.

### Subjonctif présent.

*Sing.* Que je conçoive, que tu conçoive, qu'il *ou* qu'elle conçoive.

*Plur.* Que nous concevions, que vous conceviez, qu'ils *ou* qu'elles conçoivent.

*Imparfait.*

## Imparfait.

*Sing.* Que je conçusse, que tu conçusses, qu'il *ou* qu'elle conçût.

*Plur.* Que nous conçussions, que vous conçussiez, qu'ils *ou* qu'elles conçussent.

## Parfait.

*Sing.* Que j'aye conçu, que tu ayes conçu, qu'il *ou* qu'elle ait conçu.

*Plur.* Que nous ayons conçu, que vous ayez conçu, qu'ils *ou* qu'elles ayent conçu.

## Plusque-parfait.

*Sing.* Que j'eusse conçu, que tu eusses conçu, qu'il *ou* qu'elle eût conçu.

*Plur.* Que nous eussions conçu, que vous eussiez conçu, qu'ils *ou* qu'elles eussent conçu.

## Infinitif présent.

Concevoir. *Participe*, conçu. *Parfait*, avoir conçu. *Gérondif présent*, concevant. *Gérondif passé*, ayant conçu.

# QUATRIEME CONJUGAISON.

D. *Comment a-t-elle l'Infinitif?*
R. En *re.*
D. *Conjuguez.*

### *Indicatif présent.*

*Sing.* Je rends, tu rends, il *ou* elle rend.
*Plur.* Nous rendons, vous rendez, ils *ou* elles rendent.

### *Imparfait.*

*Sing.* Je rendois, tu rendois, il *ou* elle rendoit.
*Plur.* Nous rendions, vous rendiez, ils *ou* elles rendoient.

### *Parfait défini.*

*Sing.* Je rendis, tu rendis, il *ou* elle rendit.
*Plur.* Nous rendîmes, vous rendîtes, ils *ou* elles rendirent.

### *Parfait indéfini.*

*Sing.* J'ai rendu, tu as rendu, il *ou* elle a rendu.

*Plur.* Nous avons rendu, vous avez rendu, ils *ou* elles ont rendu.

### *Parfait antérieur.*

*Sing.* J'eus rendu, tu eus rendu, il *ou* elle eût rendu.

*Plur.* Nous eûmes rendu, vous eûtes rendu, ils *ou* elles eurent rendu.

### *Plusque-parfait.*

*Sing.* J'avois rendu, tu avois rendu, il *ou* elle avoit rendu.

*Plur.* Nous avions rendu, vous aviez rendu, ils *ou* elles avoient rendu.

### *Futur simple.*

*Sing.* Je rendrai, tu rendras, il *ou* elle rendra.

*Plur.* Nous rendrons, vous rendrez, ils *ou* elles rendront.

### *Futur antérieur.*

*Sing.* J'aurai rendu, tu auras rendu, il *ou* elle aura rendu.

*Plur.* Nous aurons rendu, vous aurez rendu, ils *ou* elles auront rendu.

### *Conditionnel présent.*

*Sing.* Je rendrois, tu rendrois, il *ou* elle rendroit.

*Plur.* Nous rendrions , vous rendriez , ils *ou* elles rendroient.

### Conditionnel passé.

*Sing.* J'aurois rendu, tu aurois rendu, il *ou* elle auroit rendu.

*Plur.* Nous aurions rendu , vous auriez rendu, ils *ou* elles auroient rendu.

### Autrement.

*Sing.* J'eusse rendu, tu eusses rendu, il *ou* elle eût rendu.

*Plur.* Nous eussions rendu, vous eussiez rendu, ils *ou* elles eussent rendu.

### Impératif présent.

### Point de premiere personne.

*Sing.* Rends , qu'il *ou* qu'elle rende.

*Plur.* Rendons , rendez , qu'ils *ou* qu'elles rendent.

### Subjonctif présent.

*Sing.* Que je rende , que tu rendes, qu'il *ou* qu'elle rende.

*Plur.* Que nous rendions , que vous rendiez , qu'ils *ou* qu'elles rendent.

### Imparfait.

*Sing.* Je rendisse, tu rendisses, il *ou* elle rendît.

*Plur.* Nous rendissions, vous rendissiez, ils *ou* elles rendissent.

### Parfait.

*Sing.* Que j'aye rendu, que tu ayes rendu, qu'il *ou* qu'elle ait rendu.

*Plur.* Que nous ayons rendu, que vous ayez rendu, qu'ils *ou* qu'elles ayent rendu.

### Plusque-parfait.

*Sing.* Que j'eusse rendu, que tu eusses rendu, qu'il *ou* qu'elle eût rendu.

*Plur.* Que nous eussions rendu, que vous eussiez rendu, qu'ils *ou* qu'elles eussent rendu.

### Infinitif présent.

*Sing.* Rendre. *Participe*, rendu. *Parfait*, avoir rendu. *Gérondif présent*, rendant. *Gérondif passé*, ayant rendu.

---

### Exemple du Verbe pronominal.

### Indicatif présent.

*Sing.* Je me repens, tu te repens, il *ou* elle se repent.

*Plur.* Nous nous repentons, vous vous repentez, ils *ou* elles se repentent.

## Imparfait.

*Sing.* Je me repentois, tu te repentois, il *ou* elle se repentoit.

*Plur.* Nous nous repentions, vous vous repentiez, ils *ou* elles se repentoient.

## Parfait défini.

*Sing.* Je me repentis, tu te repentis, il *ou* elle se repentit.

*Plur.* Nous nous repentîmes, vous vous repentîtes, ils *ou* elles se repentirent.

## Parfait indéfini.

*Sing.* Je me suis repenti, tu t'es repenti, il *ou* elle s'est repenti.

*Plur.* Nous nous sommes repentis, vous vous êtes repentis, ils *ou* elles se sont repentis.

## Parfait antérieur.

*Sing.* Je me fus repenti, tu te fus repenti, il *ou* elle se fût repenti.

*Plur.* Nous nous fûmes repentis, vous vous fûtes repentis, ils *ou* elles se furent repentis.

## Plusque-parfait.

*Sing.* Je m'étois repenti, tu t'étois repenti, il *ou* elle s'étois repenti.

*Plur.* Nous nous étions repentis, vous vous étiez repentis, ils *ou* elles s'étoient repentis.

### *Futur simple.*

*Sing.* Je me repentirai, tu te repentiras, il *ou* elle se repentira.

*Plur.* Nous nous repentirons, vous vous repentirez, ils *ou* elles se repentiront.

### *Futur composé.*

*Sing.* Je me serai repenti, tu te seras repenti, il *ou* elle se sera repenti.

*Plur.* Nous nous serons repentis, vous vous serez repentis, ils *ou* elles se seront repentis.

### *Conditionnel présent.*

*Sing.* Je me repentirois, tu te repentirois, il *ou* elle se repentiroit.

*Plur.* Nous nous repentirions, vous vous repentiriez, ils *ou* elles se repentiroient.

### *Conditionnel passé.*

*Sing.* Je me serois repenti, tu te serois repenti, il *ou* elle se seroit repenti.

*Plur.* Nous nous serions repentis,

vous vous seriez repentis, ils *ou* elles se seroient repentis.

### Impératif présent

*Sans premiere personne.*

*Sing.* Repens-toi, qu'il *ou* qu'elle se repente.

*Plur.* Repentons – nous, repentez-vous, qu'ils *ou* qu'elles se repentent.

### Subjonctif présent.

*Sing.* Que je me repente, que tu te repente, qu'il *ou* qu'elle se repente.

*Plur.* Que nous nous repentions, que vous repentiez, qu'ils *ou* qu'elles se repentent.

### Imparfait.

*Sing.* Que je me repentisse, que tu te repentisses, qu'il *ou* qu'elle se repentît.

*Plur.* Que nous nous repentissions, que vous vous repentissiez, qu'ils *ou* qu'elles se repentissent.

### Parfait.

*Sing.* Que je me sois repenti, que tu te sois repenti, qu'il *ou* qu'elle se soit repenti.

*Plur.*

*Plur.* Que nous nous soyons repentis, que vous vous soyez repentis, qu'ils *ou* qu'elles se soient repentis.

### Plusque-parfait.

*Sing.* Que je me fusse repenti, que tu te fusses repenti, qu'il *ou* quelle se fût repenti.

*Plur..* Que nous nous fûmes repentis, que vous vous fûtes repentis, qu'ils *ou* qu'elles se fussent repentis.

### Infinitif présent.

Se repentir. *Participe*, repenti. *Parfait*, s'être repenti. *Gérondif présent*, se repentant. *Gérondif passé*, s'étant repenti.

---

### Verbe impersonnel.

*D. Qu'est-ce qu'un Verbe impersonnel?*

R. C'est celui qui n'a que la troisieme personne du singulier dans tous ses tems.

*D. Conjuguez.*

| | |
|---|---|
| *Indicatif présent.* | Il pleut. |
| *Imparfait.* | Il pleuvoit. |
| *Parfait défini.* | Il plût. |
| *Parfait indéfini.* | Il a plu. |

K

| | |
|---|---|
| *Parfait antérieur.* | Il eût plu. |
| *Plusque-parfait.* | Il avoit plu. |
| *Futur simple.* | Il pleuvra. |
| *Futur composé.* | Il aura plu. |
| *Conditionnel présent.* | Il pleuvroit. |
| *Conditionnel passé.* | Il auroit *ou* il eût plu. |
| *Subjonctif présent.* | Qu'il pleuve. |
| *Imparfait.* | Qu'il plût. |
| *Parfait.* | Qu'il ait plu. |
| *Plusque-parfait.* | Qu'il eût plu. |
| *Gérondif passé.* | Ayant plu. |

---

## *Les Droits de l'Homme et du Citoyen.*

Vous avez déjà lu, mon cher enfant, les droits de l'homme & du citoyen ; je vous les remets sous les yeux, pour que vous les appreniez par cœur. Gravez - les bien dans votre mémoire.

Je vous expliquerai ce que vous devez entendre par *Liberté*, *Egalité*, *Loi*, *Nation*, &c.

*La Nation* comprend tous les habitans du Royaume, lesquels sont appellés Citoyens.

*La Loi* apprend ce qu'on doit faire & éviter.

*Le Peuple libre* est celui qui fait les *Loix*, auxquelles il consent d'être soumis.

*La Patrie* comprend tout l'Etat gouverné par les Loix.

Art. 1. Les hommes naissent & demeurent libres & égaux en droits. Les distinctions sociales ne peuvent être fondées que sur l'utilité commune.

2. Le but de toute association politique est la conservation des droits naturels & imprescriptibles de l'homme; ces droits sont la liberté, la propriété, la sûreté & la résistance à l'oppression.

3. Les principes de toute Souveraineté réside essentiellement dans la Nation; nul corps, nul individu ne peut exercer d'autorité qui n'en émane expressément.

4. La liberté consiste à pouvoir faire tout ce qui ne nuit pas à autrui; ainsi l'exercice des droits naturels de chaque homme n'a de bornes que celles qui assurent aux autres membres de la société la jouissance de ces mêmes droits: ces bornes ne peuvent être déterminées par la Loi.

4. La Loi n'a le droit de défendre que les actions nuisibles à la société; Tout ce qui n'est pas défendu par la Loi, ne peut être empêché, & nul

ne peut être contraint à faire ce qu'elle n'ordonne pas.

6. La Loi est l'expression de la volonté générale ; tous les Citoyens ont droit de concourir personnellement, ou par leurs Représentans, à sa formation ; elle doit être la même pour tous, soit qu'elle protege, soit qu'elle punisse. Tous les Citoyens étant égaux à ses yeux, sont également admissibles à toutes dignités, places & emplois publics, selon leur capacité, & sans autres distinctions que celles de leurs vertus & de leurs talens.

7. Nul homme ne peut être accusé, arrêté ni détenu que dans les cas déterminés par la Loi, & selon les formes qu'elle a prescrites. Ceux qui sollicitent, expédient, exécutent, ou font exécuter des ordres arbitraires, doivent être punis ; mais tout Citoyen appellé ou saisi en vertu de la Loi, doit obéir à l'instant, il se rend coupable par la résistance.

8. La Loi ne doit établir que des peines strictement & évidemment nécessaires. Nul ne peut être puni qu'en vertu d'une Loi établie & promulguée

antérieurement au délit & légalement appliquée.

9. Tout homme étant présumé innocent, jusqu'à ce qu'il ait été déclaré coupable, s'il est jugé indispensable de l'arrêter, toute rigueur qui ne seroit pas nécessaire pour s'assurer de sa personne, doit être sévérement réprimée par la Loi.

10. Nul ne doit être inquiété pour les opinions, même religieuses, pourvu que leur manifestation ne trouble pas l'ordre public établi par la Loi.

11. La libre communication des pensées & des opinions est un des droits les plus précieux de l'homme : tout Citoyen peut donc parler, écrire, imprimer librement, sauf à répondre de l'abus de cette liberté dans le cas déterminé par la Loi.

12. La garantie des droits de l'homme & du citoyen nécessite une force publique, cette force est donc instituée pour l'avantage de tous, & non pour l'utilité particuliere de ceux à qui elle est confiée.

13. Pour l'entretien de la force publique & pour les dépenses de l'Ad-

ministration , une contribution commune est indispensable ; elle doit être
également repartie entre tous les Citoyens en raison de leurs facultés.

14. Les Citoyens ont le droit de
constater par eux-mêmes ou par leurs
Représentans , la nécessité de la contribution publique, de la consentir librement, d'en suivre l'emploi , & d'en
déterminer la quotité , l'assiette , le
recouvrement & la durée.

15. La société a le droit de demander compte à tout agent public de
son administration.

16. Toute société dans laquelle la
garantie des droits n'est pas assurée,
ni la séparation des pouvoirs déter-
minée , n'a point de constitution.

17. Les propriétés étant un droit inviolable & sacré, nul ne peut en être
privé , si ce n'est lorsque la nécessité
publique légalement constatée l'exige
évidemment , & sous la condition
d'une juste & préalable indemnité.

## *Développement des mots* Liberté, Egalité.

Vous êtes libre de pratiquer tout le bien dont on est capable dans un âge si tendre ; par exemple, aimer Dieu de tout son cœur, le servir avec dévotion, chérir sa patrie, ses parens, respecter ses Législateurs & ses Maîtres : vous êtes né de parens citoyens libres, apprenez donc à vous pénétrer des droits de l'homme, afin de remplir les devoirs d'un vrai fils de la Patrie, & de faire tout le bien qu'on pourra attendre de vous lorsque vous serez grand.

Chercher à rétablir le bon ordre, rappeller par douceur ses égaux, lorsqu'ils s'écartent de la ligne de leurs devoirs, rendre service à sa Patrie, sacrifier même sa vie pour la défendre dans des cas urgens, c'est remplir sa tache de citoyen, c'est jouir de sa liberté.

Déclarer son opinion ouvertement & sans crainte, dans les sociétés qui se sont formées pour le soutien de la

Loi & des droits de l'homme, dénon-
cer au tribunal de ces mêmes sociétés,
toutes les fois que le bon ordre en
souffre, les personnes qui se plaisent
à le troubler, & qui refusent de se
rendre aux avis d'un ami citoyen,
c'est bien mériter de sa Patrie.

Enfin, mon cher enfant, vous avez,
selon la Loi, le droit de faire tout ce
qui ne peut nuire à autrui.

C'est cette honnête liberté qui doit
exister, & qui caractérise le bon chrétien & le vrai citoyen.

Tels sont les fondemens de votre
vie sociale ; ne perdez pas de vue des
maximes aussi sacrées, qui sont la
source de votre bonheur.

Vous devez entendre par cette égalité, mon petit ami, que la Loi rend
les Citoyens égaux, c'est - à - dire,
qu'elle rend justice à tous indistinc-
tement, aux puissans & aux foibles,
au savant & à l'ignorant.

Le Peuple a senti qu'il ne pourroit
jamais vivre heureux sans chefs ; il
s'est assemblé, & il en a choisi qui
cherchent à faire le bonheur de la
France ; sans supérieurs, tous auroient
voulu

Voulu dominer ; jugez des maux qui auroient accablé le plus brillant des Royaumes : la Loi n'auroit pas eu de force, elle auroit bientôt manqué d'exécution : combien auroient cru pouvoir commettre impunément les crimes les plus affreux. Il est donc nécessaire d'avoir des chefs dans tous les états de la vie. Tous les hommes peuvent également prétendre au Gouvernement ; celui qui est instruit & vertueux l'emporte sur ses Concitoyens. Ceux-ci reconnoissent en lui mérite & talens par le choix qu'ils en font, pour leur faire observer la Loi. Faites – vous un devoir de lui obéir avec scrupule ; alors vous vous mettrez dans le cas de commander avec succès. Vos lumieres & votre sagesse feront dans la suite votre bonheur & celui de vos Concitoyens.

Les hommes cessent d'être égaux, lorsqu'un autre tient à la main le livre de la Loi pour la faire exécuter ; étant revêtu d'une autorité publique, il est digne d'un respect général.

L

# CHAPITRE XI.

## *Les avantages de la Science.*

Il est avantageux pour la Patrie d'avoir des hommes instruits ; sachez que la science nourrit l'esprit : il faut la chercher même au péril de sa vie.

Qu'il y a de différence entre un savant & un ignorant !

***

Antisthene qui étoit un ancien Philosophe, exhortoit ses disciples à étudier fortement la Philosophie ; mais il y en avoit peu qui l'écoutoient. Etant fâché de leur paresse, il les chassa tous, sans distinguer ceux qui avoient envie de profiter ; de ce nombre étoit Diogene : comme il avoit un grand desir d'entendre les leçons du Philosophe, il ne revint pas moins à son école, & s'entêta à ne pas se séparer de lui. Antisthene qui croyoit qu'il revenoit encore pour l'interrompre, le menaça de lui donner de son bâton à la tête ; mais voyant que cette menace ne l'effrayoit pas, il le frappa un jour, comme il l'avoit dit. Diogene ne se rebuta pas pour cela, mais il persistoit toujours dans le desir de se nourrir des preceptes de la Philosophie : *Frappez encore*, dit-il, *si cela vous plaît ; je vous livre ma tête : vous ne trouverez pas de bâton assez dur pour me chasser de votre école.* Antisthene voyant enfin que ce disciple étoit si jaloux de faire des progrès, le reçut & l'aima tendrement.

---

## CHAPITRE XII.

Celui qui aime sa Patrie, aime tous ses semblables.

Il y a dans cette immense société qui embrasse toute l'espece humaine, un ordre & une certaine gradation à observer, & des devoirs de préférence. Si jamais, ô mon ami, on vous demande qui sont ceux qui ont sur vous les premiers droits, répondez hardiment qu'il faut mettre au premier rang la Patrie ; les auteurs de vos jours, à qui vous êtes redevable des plus grands bienfaits, vos peres & meres, se doivent à vous qui faites leur unique espérance. N'oubliez pas que vous aurez aussi des devoirs à remplir à leur égard, envers vos proches & vos amis.

La plus respectable & la plus sacrée de toutes les sociétés est celle qui vous lie à la Patrie. Vos peres vous sont chers, ils vous aiment, vous les aimez? Eh bien, vous les aimerez sincérement si vous aimez votre Patrie, à laquelle tout homme de bien fût prêt de sacrifier sa vie, en cas de besoin.

La durée de la vie est courte, celle de la gloire est éternelle. Puisqu'il est décidé que nous mourrons tous, desirons qu'on puisse dire que nous avons sacrifié notre vie pour la Patrie, plutôt que d'attendre que la nature en disposât. Ah! mon cher ami, voudriez-vous accepter, aux dépens de la Patrie, le privilége de ne pas mourir. Regardez ceux qui ont donné leur vie pour elle, non comme des victimes de la mort, mais comme des hommes dignes de l'immortalité. Pour vous encourager vous-même au service de la Patrie, posez pour principe qu'il y a dans le Ciel un lieu destiné pour ceux qui l'ont défendue, servie, aggrandie, & qu'ils y jouissent d'une vie immortelle.

Le pays qui nous a donné le jour a pour lui tant de charmes que nous ne pouvons jamais l'oublier.

---

## LE VIEILLARD MENDIANT.

M. Arcy (*à un domestique.*)

Que ne faisiez-vous entrer ce bon vieillard?

Le Vieillard.

Monsieur, on me l'a proposé ; c'est moi qui ne l'ai pas voulu.

M. Arcy.

Et pourquoi donc ?

Le Vieillard.

Je rougis de le dire. Je fais une chose à laquelle je ne suis pas accoutumé ; je viens..... pour demander l'aumône.

M. Arcy.

Vous me paroissez honnête : pourquoi rougiriez - vous d'être pauvre ? J'ai des amis qui le sont. Soyez de ce nombre.

### Le Vieillard.

Pardonnez-moi, Monsieur, je n'ai pas le temps.

### M. Arcy.

Qu'avez-vous donc a faire?

### Le Vieillard.

Ce qu'il y a de plus important ici-bas : à mourir. Je peux vous le dire, puisque nous voilà seuls. Je n'ai plus que huit jours à vivre.

### M. Arcy.

Comment savez-vous cela?

### Le Vieillard.

Comment je le sais? Je ne peux guere vous l'expliquer. Mais je le sais, parce que je le sens ; & cela est sûr. Heureusement personne ne perd à ma mort : ma fille & mon gendre me nourrissent depuis deux ans.

### M. Arcy.

Ils n'ont fait que leur devoir.

### Le Vieillard.

J'étois assez riche pour n'avoir pas à craindre d'être à charge à personne,

Je prêtai mon argent à un Gentilhomme qui se disoit mon ami. Il mena joyeuse vie jusqu'à ce qu'il m'eût réduit au besoin. Pardonnez-moi, Monsieur : vous êtes aussi gentilhomme ; mais je dis la vérité.

## M. Arcy.

J'ai autant de plaisir à l'entendre, que vous en avez à le dire, même quand elle parleroit contre moi.

## Le Vieillard.

J'aurois été plus sage de travailler jusqu'à la mort. Mais j'étois devenu pâle & blême ; & je regardai ce changement comme un signe que me faisoit Dieu de me reposer. Monsieur, je n'ai jamais fui le travail. Quand j'étois jeune, c'est lui qui soutenoit ma santé : je n'ai pas eu d'autre médecin. Mais ce qui fortifie dans la jeunesse, épuise dans les vieux ans. Je ne pouvois plus travailler. Lorsque j'eus perdu ma fortune, je voulus reprendre mon travail ; je le voulois de tout mon cœur. Je cherchai mes bras ; je ne les trouvai plus. Pardonnez-moi ces larmes de souvenir. Je n'ai jamais eu de moment plus triste que celui où je me sentis si foible.

M. A R C Y.

Vous eûtes alors recours à vos enfans.

L E  V I E I L L A R D.

Non, Monsieur ; ils vinrent audevant de moi. Je n'avois qu'une fille ; mais je trouvai un fils dans son mari. Tout ce qu'ils avoient sembloit m'appartenir. Ils eurent soin de moi, quoique je n'eusse pas un écu à leur laisser. Que Dieu les fasse asseoir à sa table céleste, comme ils m'ont fait asseoir à leur table en ce monde.

M. A R C Y.

Est-ce qu'ils sont devenus aujourd'hui plus froids envers vous ?

L E  V I E I L L A R D.

Non, Monsieur ; mais ils sont devenus pauvres eux-mêmes. Le torrent de la montagne a noyé leurs récoltes & renversé leur maison. Ils ont emprunté pour me faire subsister avec aisance jusqu'à ma mort : c'est la seule chose en laquelle ils m'aient désobei.

sobéi. Je veux qu'ils trouvent au moins l'argent de mes funérailles tout prêt, pour ne pas leur être à charge au-delà de ma vie. C'est pour cela que je viens demander l'aumône. Je suis un vieil homme, mais un jeune mendiant.

### M. A r c y.

Et où demeurez-vous?

### L e  V i e i l l a r d.

Pardonnez, Monsieur ; mais je ne le dis pas, soit pour moi, soit pour mes enfans.

### M. A r c y.

Excusez mon indiscrete curiosité. Que Dieu me punisse si je cherche à la satisfaire.

### L e  V i e i l l a r d.

J'y compte, Monsieur. Dans huit jours regardez le ciel, vous y verrez, je l'espere, ma demeure, qui ne sera plus secrete.

### M. A r c y, (*lui présentant une poignée d'écus.*)

Prenez ceci, bon vieillard, & que Dieu soit avec vous.

M

## LE VIEILLARD.

Tout cela, Monsieur? non, ce n'étoit pas ma pensée. Il ne me faut qu'un écu. Le reste m'est inutile : on n'a besoin de rien dans le ciel.

## M. ARCY.

Vous donnerez le surplus à vos enfans.

## LE VIEILLARD.

Que Dieu m'en préserve! Mes enfans peuvent travailler ; ils n'ont besoin de rien.

## M. ARCY.

Adieu, bon vieillard ; allez vous reposer.

## LE VIEILLARD (*lui rendant tout son argent, excepté un écu.*)

Reprenez ceci, Monsieur.

## M. ARCY.

Mon ami, vous me faites rougir.

## LE VIEILLARD.

Je rougis bien aussi, moi! C'est déjà trop de prendre un écu. Gardez le reste pour ceux qui ont à mendier plus long-tems que moi.

## M. ARCY.

Votre situation me touche.

## LE VIEILLARD.

J'espere qu'elle aura touché Dieu. Votre générosité le touche aussi, Monsieur, & il vous en tiendra compte.

## M. ARCY.

Voulez-vous prendre quelque nourriture ?

## LE VIEILLARD.

J'ai déjà pris du pain & du lait.

## M. ARCY.

Emportez du moins quelque chose avec vous.

## LE VIEILLARD.

Non, Monsieur, je ne ferai pas cet affront à la Providence. Cependant un verre de vin, un seul.

## M. ARCY.

Plus, si vous voulez, mon ami.

## LE VIEILLARD.

Non, Monsieur, un seul : je n'en porte pas davantage. Vous méritez que je boive chez vous la derniere goutte de vin que j'avalerai sur la terre ;

& je dirai dans le Ciel chez qui je l'ai bue. Grand Dieu ! un verre même d'eau ne demeure pas sans récompense auprès de toi.

(*M. Arcy va chercher lui-même une bouteille. Le vieillard se voyant seul, élève ses mains vers le Ciel.*)

Mon dernier coup de vin ! Dieu de justice, je te prie de le rendre un jour toi-même à celui qui me le donne.

M. ARCY (*portant une bouteille et deux verres.*)

Prenez ce verre, bon vieillard. J'en ai apporté un aussi pour moi. Nous boirons ensemble.

LE VIEILLARD (*regardant le Ciel.*)

Je te remercie, mon Dieu, pour tout le bien que tu me fais dans ce monde. (*Il boit un peu, et s'arrête. A M. Arcy, en trinquant avec lui.*) Que Dieu vous donne une fin aussi heureuse qu'à moi !

M. ARCY.

Bon vieillard, passez ici cette nuit. Personne ne vous verra, si vous le desirez.

93

## Le Vieillard.

Non, Monsieur ; je ne le peux pas.
Mon tems est précieux.

## M. Arcy.

Pourrois-je vous être bon encore à
quelque chose ?

## Le Vieillard.

Je le voudrois, Monsieur , par rapport à vous ; mais je n'ai plus besoin
de rien dans ce monde. ( *Il regarde sur
lui.* ) Rien que d'un gant toutefois......
j'ai perdu le mien.

## M. Arcy (*fouillant dans sa poche lui en présente une paire.* )

Tenez , mon ami.

## Le Vieillard.

Gardez celui-là. Je n'en ai demandé
qu'un.

## M. Arcy.

Et pourquoi ne prenez - vous pas
l'autre ?

## Le Vieillard.

Cette main sait résister à l'air. Il
n'y a que la gauche qui ne peut le
supporter. Elle est refroidie depuis

deux ans. ( *Il gante sa main gauche, et présente la droite nue à M. Arcy.* ) Je penserai à vous, Monsieur.

### M. Arcy.

Et moi aussi à vous. O mon ami ! Laissez-moi vous suivre. Il m'en coûte de garder la parole que je vous ai donnée.

### Le Vieillard.

Aussi, tant mieux pour vous, Monsieur, si vous la gardez. ( *Il dégage sa main, et veut s'en aller.* )

### M. Arcy.

Donnez – moi encore votre main, bon vieillard ; elle est pleine des bénédictions de Dieu.

### Le Vieillard.

Je lui présenterai la vôtre dans le Paradis. ( *Il s'en va.* )        *FIN.*

---

# CHAPITRE XX.

### *Sur la Création de l'Homme.*

LE soleil commençoit ses routes ordon-
          nées ;
Les ondes dans leur lit étoient emprison-
          nées.

Déjà le tendre oiseau s'élevant dans les airs,
Bénissoit son auteur par ses nouveaux con-
    certs,
Mais il manquoit encore un maître à tout
    l'ouvrage.
*Faisons l'Homme*, dit Dieu, *faisons-le à*
    *notre image.*
Soudain pétri de boue, & d'un soufle animé,
Ce chef-d'œuvre connut qu'un Dieu l'avoit
    formé.
La nature attentive aux besoins de son
    maître,
Lui présenta les fruits que son sein faisoit
    naître;
Et l'univers soumis à cette aimable loi,
Conspira tout entier au bonheur de son roi.
La fatigue, la faim, la soif, la maladie,
Ne pouvoient altérer le repos de sa vie;
La mort même n'osoit déranger les ressorts
Que le soufle divin anima dans son corps.
Il n'eut point à sortir d'une enfance igno-
    rante;
Il n'eut point à dompter une chair inso-
    lente;
L'ordre régnoit alors, tout étoit dans son
    lieu;
L'animal craignoit l'homme, & l'homme
    craignoit Dieu.
Tel fut l'homme innocent, sa race fortunée
Des mêmes droits que lui devoit se voir
    ornée;
Et conçu chastement, enfanté sans douleur,
L'enfant ne se fût point annoncé par ses
    pleurs.

Vous n'eussiez vu jamais une mere trem-
    blante,
Soutenir de son fils la marche chancellante,
Rechauffer son corps froid dans la dure sai-
    son,
Ni par les châtimens appeller sa raison.
Le Démon contre nous eût eu de foibles
    armes;
Hélas! ce souvenir produit de vaines larmes.
Que sert de regretter un état qui n'est plus,
Et de peindre un séjour dont nous fûmes
    exclus!
Pleurons notre disgrace, & parlons des mi-
    seres
Que sur nous attira la chute de nos peres!
Condamnés à la mort, destinés aux travaux,
Les travaux & la mort furent nos moindres
    maux.
  Au corps, tyran cruel, notre ame assu-
    jettie,
Vers les terrestres biens languit appesantie.
De mensonge & d'erreur un voile ténébreux
Nous dérobe le jour qui doit nous rendre
    heureux.
La nature autrefois attentive à nous plaire,
Contre nous irritée, en tout nous est con-
    traire.
La terre dans son sein reverse ses trésors,
Il faut les arracher; il faut par nos efforts
Lui ravir de ses biens la pénible récolte.
Contre son souverain l'animal se révolte.
Le maître de la terre appréhende les vers;
L'insecte se fait craindre au roi de l'univers.

L'homme

L'homme à la femme uni , met au jour des
    coupables ,
D'un pere malheureux héritiers déplorables.
Aux solides avis l'enfant toujours retif ,
Par la seule menace y devient attentif ;
De l'âge & des leçons sa raison secondée ,
A peine du vrai Dieu lui retrace l'idée.
Hélas ! à ces malheurs par sa femme séduit
Adam , le foible Adam , avec nous s'est
    réduit ;
Son crime fut le nôtre , & ce pere infidele
Rendit toute sa race à jamais criminelle :
Ainsi le tronc qui meurt , doit nourrir ses
    rameaux ;
Et la source infectée infecte ses ruisseaux.
Mais malgré cette nuit sur l'homme répan-
    due ,
On découvre un rayon de sa gloire perdue.
C'est du haut de son trône un roi précipité ,
Qui garde sur son front un trait de majesté ;
Une secrette voix à toute heure lui crie :
Que la terre n'est point son heureuse patrie ,
Qu'au ciel il doit attendre un éclat plus par-
    fait ;
Et lui-même ici-bas quand a-t-il satisfait ?
Digne de posséder un bonheur plus solide ,
Plein de biens & d'honneurs , il reste vuide ;
Il forme encor des vœux dans le sein du
    plaisir ;
Il n'eut jamais enfin qu'un éternel desir.
D'où lui vient sa grandeur ? d'où lui vient
    sa bassesse !
Et pourquoi tant de force avec tant de foi-
    blesse ?              N

Réveillez-vous mortels, dans la nuit absor-
bés ,
Et connoissez du moins d'où vous êtes
tombés.

---

## *Orgueil de l'Homme.*

J'AI vu quelquefois un enfant
Pleurer d'être petit, en être inconsolable ;
L'élevoit-on sur une table ?
Le marmot pensoit être grand.
Tout homme est cet enfant ; les dignités ,
les places ,
La noblesse , les biens , le luxe & la splen-
deur ,
C'est la table du nain , ce sont autant d'é-
chasses
Qu'il prend pour sa propre grandeur.
Je demande à ce grand qui me regarde à
peine ,
Et dont l'accueil même est dédain ,
Qui peut fonder en lui cette fierté hautaine ?
Est-ce sa race, ou son rang, ou son train ?
Mais quoi ! de tes ayeux la mémoire hono-
rable ,
L'autorité de ton emploi ,
Ton palais , tes meubles , ta table ,
Tout cela, pauvre homme, est-ce à toi ?
Rien moins ; & puisqu'il faut qu'ici je t'ap-
précie
Un cœur bas, un esprit mal-fait ;
Une ame de vices noircie ,
Te voilà nud , mais trait pour trait !

## Sonnet de DESBARREAUX.

*C'est le langage d'un pécheur pénitent.*

GRAND Dieu, tes jugemens sont remplis
    d'équité ;
Toujours tu prends plaisir à nous être pro-
    pice ;
Mais j'ai tant fait de mal, que jamais ta
    bonté
Ne me pardonnera sans blesser ta justice.
Non, mon Dieu, la grandeur de mon im-
    piété
Ne laisse à ton pouvoir que le choix du
    supplice ;
Ton intérêt s'oppose à ma félicité,
Et ta juste colere attend que je périsse.


CONTENTE ton desir, puisqu'il t'est glorieux,
Offense-toi des pleurs qui coulent de mes
    yeux ;
Tonne, frappe, il est tems ; rends-moi guerre
    pour guerre.


J'ADORE, en périssant, la raison qui t'aigrit,
Mais dessus quel endroit tombera ton ton-
    nere,
Qui ne soit tout couvert du sang de Jé-
    sus-Christ.

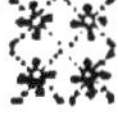

# CHAPITRE XXI.

*Exercice et préparation pour la Confession.*

## Préparation éloignée.

### *Instruction.*

Il est à propos de se préparer à la Confession quelque tems avant que de la faire.

Il faut passer ces jours-là dans le recueillement ; joindre la priere & les sentimens de componction à la recherche ou à l'examen de ses péchés, & sur-tout s'efforcer de les éviter & de s'en corriger.

On doit demander à Dieu la grace pour connoître ses péchés, & l'esprit de pénitence pour en concevoir le regret, & la détestation nécessaire.

Chacun doit examiner sa conscience suivant sa capacité & la lumiere que Dieu lui donne.

Il ne faut pas se contenter de s'examiner sur la Loi de Dieu, ou sur les péchés que tous les hommes peuvent commettre, chacun doit ajouter l'examen des péchés de son état, c'est-à-dire, des péchés qui ne se commettent guere que par les personnes de l'âge, de la condition, de la profession dont il est.

Il y a deux excès opposés qui sont presque également dangereux ; la négligence de ceux qui ne s'envisageant eux-mêmes que d'une maniere superficielle, se contentent de remarquer & de confesser ce qui se présente d'abord à leur mémoire ; & l'exactitude scrupuleuse & inquiete de quelques personnes qui ne croyant jamais avoir reconnu tous leurs péchés, recommencent sans cesse à s'examiner ; & tout occupés de leur examen, ne laissent presque pas de tems, & ne donnent qu'une légere application aux autres préparations.

Il faut joindre l'examen de cœur à celui de la conscience, & il seroit d'une grande utilité de faire en particulier sur chaque péché que l'on reconnoît avoir commis, l'acte de contrition qu'on a coutume de faire sur tous ses péchés en général, & d'examiner si on a un regret sincere de chacun, &

une ferme résolution de le quitter.

Après l'examen on fera les prieres ou les actes convenables à un pécheur pénitent qui desire de rentrer en grace avec Dieu , & d'être justifié en recevant de lui le pardon de ses péchés.

Le Saint Concile de Trente enseigne qu'il y a six dispositions nécessaires à celui qui veut recevoir la grace de la justification. Il faut qu'il ait de la foi , qu'il craigne la justice de Dieu, qu'il espere d'obtenir sa miséricorde par notre Seigneur Jesus-Christ , qu'il commence à l'aimer ; qu'il déteste le péché , & qu'il ait une volonté sincere de changer de vie & de garder inviolablement les Commandemens de Dieu.

# CHAPITRE XXII.

*Nécessité de se préparer à la Communion.*

Comme la Sainte Communion est dans le sentiment de Saint Bernard, le Sacrement des Sacremens, l'amour des amours & la douceur des douceurs, & qu'elle renferme un Dieu tout entier, avec son humanité sainte , elle ne peut contenir rien que de grand, d'excellent

& de très-avantageux; & non-seulement elle le contient dans un souverain degré, mais encore elle le communique encore avec abondance à tous ceux qui s'en approchent avec un cœur bien préparé.

Quelle innocence & quelle pureté de cœur ne devons-nous point apporter pour nous rendre dignes de goûter cette douceur céleste, qui ne se fait jamais sentir qu'à ceux qui ont le cœur pur & dégagé de toutes les attaches sensibles & de toutes les douceurs créées?

Rendez-vous digne de participer à toutes les graces qui sont attachées au plus saint & au plus sanctifiant de tous les Sacremens ; apportez-y un cœur si pur, si ardent, si bien préparé, que vous n'en perdiez aucune. Faites attention que dans la Sainte Communion Jesus-Christ se donne à vous sans réserve, & qu'il y donne sa Chair, son Sang, son Cœur, son Esprit, son Ame & sa Divinité, & qu'à chacun de ses présens est attachée une grace particuliere dont vous devez profiter.

Pour préparer dignement votre ame à la Sainte Communion, prenez un tems, & un lieu séparé du commerce des créatures ; donnez ensuite l'essor à vos soupirs, à vos larmes, à vos desirs, à vos empressemens & à votre amour ; expiez ensuite vos plus petites fautes par le sacrifice d'un cœur contrit & humilié.

Selon le conseil du grand Apôtre, représentez-vous la Mort de notre Seigneur ; conformez-vous-y, en mourant au monde & à tout ce qu'il adore ; mourez à vous-même & à toutes vos passions ; mourez sans réserve à tous les plaisirs sensuels & à toutes les inclinations imparfaites de votre cœur, & à toutes les attaches sensibles qui l'occupent, qui le partagent, & qui l'empêchent d'être à Dieu seul, & renoncez-y pour jamais. Revêtez-vous de l'esprit de victime, acceptez de bon cœur toutes les souffrances qui pourroient vous arriver ; préparez-vous-y, & quand elles arriveront, soutenez-les avec courage, avec patience, & même avec joie.

9 782329 059303